अध्याय ६

सरश्री

मन को वश में करने की

संयम गीता

सत् चित्त मन युक्ति

अपने संकल्पों से निर्मित कामनाओं का त्याग करें

मन को वश में करने की
संयम गीता
सत् चित्त मन युक्ति
by **Sirshree** Tejparkhi

प्रथम आवृत्ति : अप्रैल २०१८

प्रकाशक : वॉव पब्लिशिंग्ज् प्रा. लि., पुणे

© Tejgyan Global Foundation
All Rights Reserved 2018.
Tejgyan Global Foundation is a charitable organization
with its headquarters in Pune, India.

© सर्वाधिकार सुरक्षित

वॉव पब्लिशिंग्ज् प्रा. लि. द्वारा प्रकाशित यह पुस्तक इस शर्त पर विक्रय की जा रही है कि प्रकाशक की लिखित पूर्वानुमति के बिना इसे व्यावसायिक अथवा अन्य किसी भी रूप में उपयोग नहीं किया जा सकता। इसे पुनः प्रकाशित कर बेचा या किराए पर नहीं दिया जा सकता तथा जिल्दबंद या खुले किसी भी अन्य रूप में पाठकों के मध्य इसका परिचालन नहीं किया जा सकता। ये सभी शर्तें पुस्तक के खरीददार पर भी लागू होंगी। इस संदर्भ में सभी प्रकाशनाधिकार सुरक्षित हैं। इस पुस्तक का आंशिक रूप में पुनः प्रकाशन या पुनः प्रकाशनार्थ अपने रिकॉर्ड में सुरक्षित रखने, इसे पुनः प्रस्तुत करने की प्रति अपनाने, इसका अनूदित रूप तैयार करने अथवा इलेक्ट्रॉनिक, मैकेनिकल, फोटोकॉपी और रिकॉर्डिंग आदि किसी भी पद्धति से इसका उपयोग करने हेतु समस्त प्रकाशनाधिकार रखनेवाले अधिकारी तथा पुस्तक के प्रकाशक की पूर्वानुमति लेना अनिवार्य है।

Mann Ko Vash Mein Karne Ki
Sanyam Gita
Sat Chit Mann Yukti

प्रस्तावना
सत्-चित्त मन युक्ति
आत्मसंयमयोग

एक इंसान बहुत चाय पीता था। जब-तब देखो, उसे पीने की तलब लगती रहती थी। जरा सा फ्री हुआ नहीं कि उसका सबकॉन्शियस माइंड उसे इस आदत की तरफ ले जाता था। इसके कारण उसे बहुत ऐसिडिटी होने लगी थी और उसकी भूख भी मर सी गई थी। डॉक्टर ने उसे संयम रखने को कहा। आदत के नकारात्मक परिणाम देख उसने कसम तक खाई कि आज के बाद वह चाय को हाथ तक नहीं लगाएगा। उसने हफ्ते भर तक एक भी कप चाय नहीं पी। अचानक आए इस बदलाव के कारण उसके तन-मन को बहुत कष्ट हुआ। फिर एक दिन उसने 'मुझसे नहीं हो पाएगा...' कहते हुए वापस चाय पीनी शुरू कर दी... उतनी ही जितनी पहले पीता था। क्योंकि उसे विश्वास हो गया था कि उससे यह संयम नहीं हो पाएगा। अतः उसने दोबारा प्रयास भी नहीं किया।

वह पुनः जब डॉक्टर के पास गया तो डॉक्टर ने उसे समझाया- 'मैंने एकदम से पूरी चाय छोड़ने को नहीं कहा था... अगर दिन में १० कप पीते हो तो पहले पाँच, फिर तीन, फिर दो कप पर आओ। धीरे-धीरे आत्मसंयम कायम करो।' आप भी जो बल चाहते हो, उसे पाने के लिए आत्मसंयमयोग अपनाओ।

गीता के छठे अध्याय में श्रीकृष्ण ने अर्जुन को आत्मसंयमयोग का रहस्य बताया है। आत्मसंयम यानी स्वयं पर संयम। संयम का अर्थ होता है- नियंत्रण।

मगर यह नियंत्रण बेहोशी या कठोरता से नहीं होता। ऐसा होने पर संयम 'दमन' बन जाता है, जो एक न एक दिन विफल हो जाता है। जब यह नियंत्रण पूरी समझ, होश एवं ईमानदारी के साथ किया जाता है तब यह सच्चा 'संयम' बनता है। संयम बेलगाम भोग और पूरी तरह से छोड़ने के बीच का मार्ग है।

आध्यात्मिक यात्रा में संयम का बहुत महत्त्व है। आत्मसंयम में सिर्फ शरीर पर ही नहीं बल्कि मन, बुद्धि, भावनाओं... सभी पर संयम पाकर ईश्वर से योग किया जाता है। आत्मसंयमयोग के लिए एक फौजी जैसा संकल्प सोच सकते हैं। अतः आपको कर्मफौजी बनना है। तन-मन-भाव से एक संयमित, अनुशासित, 36 कलाओं में माहिर निष्काम कर्म करनेवाला कर्मफौजी!

शरीर की बेलगाम इंद्रियों पर संयम लाना न सिर्फ आध्यात्मिक विकास के लिए बल्कि मानसिक, शारीरिक और भावनात्मक स्वास्थ्य के लिए भी बहुत ज़रूरी है। अपनी पंचेंद्रियों को पूरी समझ और होश के साथ संयमित करने का प्रयास करना चाहिए। न अति में जाएँ, न दमन करें। मन पर संयम तब होगा, जब मैं-मैं करनेवाले मन पर लगाम लगेगी। 'मैं वास्तव में कौन हूँ?' यह समझ मिलने पर ही मन पर पूरा संयम संभव है।

हमारे विचार ही हमारे संकल्प होते हैं, जो हमसे क्रियाएँ कराते हैं। इसमें दो तरह के संकल्प होते हैं। व्यक्ति संकल्प करता है और तेजस्थान से संकल्प उठता है। इन दोनों में कितना बड़ा फर्क है! जिसे लोग समझ ही नहीं पाते। 'मैं' से शुरू होनेवाले संकल्प सेल्फ से अलग व्यक्ति के होते हैं। यह व्यक्ति डर की वजह से, लोभ की वजह से, वासना की वजह से, लोगों पर प्रभुत्व दिखाने के लिए संकल्प लेता है और कामना करता है। क्योंकि वह सुख चाहता है मगर क्या उसे सुख मिलता है? नहीं! बल्कि उसकी कामनाओं से दुःख ही आता है और नई कामनाएँ जगती हैं, जिसे व्यक्ति पूरा करने में लग जाता है।

जब व्यक्ति (मैं) के संकल्प से आई हुई कामनाएँ फल देती हैं तब उस फल के साथ कई मक्खियाँ आ जाती हैं। यह 'मैं' की मक्खी होती है। मैं बड़ा, मैं महान, मेरा फल, मेरा सुख, मेरा दुःख... फल के साथ न जाने कितनी मक्खियाँ चिपक (आसक्त हो) जाती हैं, जो बंधन बनाती हैं। ऐसे 'मैं' (व्यक्ति) के संकल्प हमें फँसाते हैं।

अतः 'मैं' भाव से शुरू होनेवाले संकल्पों से निर्मित कामनाओं का त्याग करना आत्मसंयम है। जैसे 'मैं यह करूँगा' की जगह सोचें- 'ईश्वर इस शरीर से यह करेगा... क्या फल आएगा, यह उसकी इच्छा...!' अर्थात कर्ता भी वही और फल प्राप्तकर्ता भी वही। वरना जब तक 'मैं' से प्रेरित संकल्प और कामनाएँ जीवित हैं, ईश्वर के अनुभव में स्थिरता प्राप्त नहीं हो सकती। 'मैं' के छूटने पर ही सेल्फ का अनुभव किया जा सकता है।

यदि मन चंचल है तो उसको बारम्बार विषयों से हटाकर परमात्मा (सेल्फ) से जोड़ना होगा। 'सब रब है', इस चिंतन के साथ मन को सत्-चित्त मन बनाने का प्रयास करना होगा। हम जो काम बारम्बार दोहराते हैं, हमारा सबकॉन्शियस माइंड उसे हमारी आदत बना देता है। ऐसे में निरंतर मन में 'सब रब है' का चिंतन चलने पर यह भी हमारी आदत हो जाएगी। फिर सबकॉन्शियस माइंड हमें वृत्तियों में नहीं बल्कि सत्य की याद में ले जाएगा।

मन को सत्-चित्त-मन और शरीर को ईश्वर का मंदिर बनाने के लिए आइए, श्रीकृष्ण द्वारा बताए आत्मसंयमयोग अध्याय 6 का ज्ञानामृत पीने की शुरुआत पूरा संयम रखकर (रोज दो पन्ने पढ़कर) करते हैं।

... सरश्री

॥ विषय सूची ॥
आत्मसंयमयोग

श्लोक	विषय	पृष्ठ
1-4	योग पर सवार योगी	7
5-9	इंद्रियों पर विजयी	13
10-23	आत्मसंयमी क्या करे	21
24-28	आत्मसंयम युक्ति	33
29-32	आत्मसंयम का परिणाम	41
33-36	मन को वश में कैसे लाएँ	47
37-47	श्रद्धालु, पर संयमी नहीं तो क्या होगा	53

भाग १

योग पर सवार योगी
॥ १-४ ॥

अध्याय ६

श्रीभगवानुवाच

अनाश्रितः कर्मफलं कार्यं कर्म करोति यः। स सन्न्यासी च योगी च न निरग्निर्न चाक्रियः ।।१ ।।

यं सन्न्यासमिति प्राहुर्योगं तं विद्धि पाण्डव। न ह्यसन्न्यस्तसङ्कल्पो योगी भवति कश्चन।।२।।

आरुरुक्षोर्मुनेर्योगं कर्म कारणमुच्यते। योगारूढस्य तस्यैव शमः कारणमुच्यते।।३।।

यदा हि नेन्द्रियार्थेषु न कर्मस्वनुषज्जते। सर्वसङ्कल्पसन्न्यासी योगारूढ़स्तदोच्यते।।४।।

1

श्लोक अनुवाद : श्री भगवान् बोले– जो पुरुष कर्मफल का आश्रय न लेकर करने योग्य कर्म करता है, वह संन्यासी तथा योगी है और (केवल) अग्नि का त्याग करनेवाला (संन्यासी) नहीं है तथा (केवल) क्रियाओं का त्याग करनेवाला (योगी) नहीं है।।१।।

गीतार्थ : अर्जुन ने श्रीकृष्ण को युद्ध न करने का जो कारण दिया था वह था, 'राज्य, पद-प्रतिष्ठा और धन-वैभव प्राप्ति के लिए अपने ही सगे-संबंधियों को मारने से कहीं बेहतर है कि इन सांसारिक चीजों का त्याग कर दिया जाए...। धर्म की दृष्टि से भी लोगों को मारना पाप है और सांसारिक सुखों का त्याग श्रेष्ठ है। ऐसा करके वह स्वयं को संन्यासी या त्यागी समझकर संतुष्ट होता...।' जबकि वास्तव में उसकी यह सोच उसके अज्ञान, अहंकार, मोह और कर्तव्य विमुखता की आइना थी।

इसलिए श्रीकृष्ण अर्जुन को बार-बार समझा रहे हैं कि स्वाभाविक क्रियाओं या कर्तव्य कर्मों को करने से छोड़नेवाला संन्यासी या त्यागी नहीं बनता उल्टा वह अपने कर्तव्य से भागने का पाप कर्म करता है। कर्मों और उनके परिणामों से हर तरह का चिपकाव छोड़कर, कर्ताभाव को त्यागकर कर्म करनेवाला ही कर्म संन्यासी या योगी है।

कुछ लोग अलग-अलग क्रियाओं को करना छोड़ देते हैं। जैसे कुछ अन्न खाना छोड़ देते हैं। वे सिर्फ फलों या लिक्विड डाइट पर ही रहते हैं। कुछ लोग वस्त्रों का ही त्याग कर देते हैं। कुछ लोग बिस्तर पर सोना छोड़ देते हैं...। ऐसा करके वे स्वयं को संन्यासी समझने लगते हैं। वे संन्यासी हैं या नहीं यह उनकी क्रियाएँ छोड़ने पर निर्भर नहीं करता। ये सिर्फ और सिर्फ उनकी आंतरिक सोच और भाव पर ही निर्भर करता है।

2 - 3

श्लोक अनुवाद : हे अर्जुन! जिसको संन्यास[1] ऐसा कहते हैं, उसी को (तू) योग[2] जान क्योंकि संकल्पों का त्याग न करनेवाला कोई भी पुरुष योगी नहीं होता।।२।।

योग में आरूढ़ होने की इच्छावाले मननशील पुरुष के लिए (योग की प्राप्ति में) निष्काम भाव से कर्म करना ही हेतु कहा जाता है (और योगारूढ़ हो जाने पर) उस योगारूढ़ पुरुष का जो सर्वसंकल्पों का अभाव है, वही (कल्याण में) हेतु कहा जाता है।।३।।

गीतार्थ : सामान्यतः जब संन्यासी शब्द कहा जाता है तो एक ऐसे इंसान की छवि सामने आती है जिसने संसार, परिवार, रोजगार, सामान्य पहनावा आदि सभी कुछ छोड़ दिया हो। अब वह सिर्फ ईश्वर पर आश्रित रहता हो...। योगी शब्द सुनकर ऐसे इंसान की छवि उभरती है, जो ध्यान साधना में बैठा हो और ध्यान में ईश्वर के साथ एकाकार हो। श्रीकृष्ण ने संन्यासी और योगी को एक ही बताया है और योगी या संन्यासी होने की एक ही पात्रता है- 'संकल्पों का त्याग'।

अब समझनेवाली बात यह है कि ये 'संकल्प' होते क्या हैं? जब कोई इंसान पूरे निश्चय से कुछ करने की ठान लेता है, जैसे 'मैं फलाँ-फलाँ काम करूँगा' तो उसे संकल्प लेना कहते हैं। उदाहरण के लिए

---

१. 'मैं नहीं हूँ कर्ता' ऐसे समझकर यानी मन, इन्द्रिय और शरीर द्वारा होनेवाली सम्पूर्ण क्रियाओं में कर्तापन के अभिमान से रहित होकर सर्वव्यापी परमात्मा (अपने होने के एहसास) में स्थित रहने का नाम 'ज्ञानयोग' है, इसी को 'संन्यास', 'सांख्ययोग' आदि नामों से कहा गया है।

२. ईश्वर (हृदय) आदेशानुसार की गई क्रिया योग कहलाती है और इस योग को यज्ञ कहेंगे। ईश्वर के हुकुम अनुसार समत्व बुद्धि से कर्म करने का नाम 'निष्काम कर्मयोग' है, इसी को 'समत्वयोग', 'बुद्धियोग', 'कर्मयोग' आदि नामों से कहा गया है।

किसी हवन, पूजा पाठ से पहले पंडित पूजा करानेवाले से पूजन करने का संकल्प कराता है। एक विद्यार्थी संकल्प लेता है कि 'इस साल मैं अच्छे अंक लाऊँगा।' खिलाड़ी इस संकल्प के साथ अपनी तैयारी शुरू करता है कि 'एक दिन मैं देश के लिए मैडल जीतूँगा...।' देखा जाए तो हर बड़े कार्य की शुरुआत किसी न किसी संकल्प के आधार पर होती है। महात्मा गाँधी ने अंग्रेजों को भारत से भगाने का संकल्प लेकर 'अंग्रेजों भारत छोड़ो अभियान की शुरुआत की थी।'

अर्थात संकल्प लेना अच्छी बात है। इसे लेने से काम करने की दृढ़ता और ऊर्जा मिलती है। तो फिर श्रीकृष्ण संकल्पों को त्यागने की बात क्यों कर रहे हैं? इसका कारण है। हर संकल्प की शुरुआत जिस भाव से होती है, वह है-'मैं' या 'हम'। 'मुझे ये करना है, मैं ये बनूँगा, हम ऐसा करेंगे... आदि। जहाँ मैं का भाव है, वहाँ अहंकार है और जहाँ अहंकार है, वहाँ ईश्वर से योग कैसे हो सकता है? गहराई से देखा जाए तो श्रीकृष्ण संकल्प त्यागने की नहीं बल्कि शरीर के अंदर बैठे संकल्प लेनेवाले 'व्यक्तिगत् मैं' को त्यागने की बात कर रहे हैं।

एक योगी मन में संकल्प लेकर बैठा है, 'मैं ईश्वर को पाकर ही समाधि तोड़ूँगा...' या एक संन्यासी में भाव आता है कि 'मैंने फलाँ-फलाँ चीजें छोड़ दीं या छोड़ूँगा, अब मुझे ईश्वर मिलेगा...।' ये दोनों ही संन्यासी या योगी कहलाने योग्य नहीं हैं। जब तक उनके 'मैं' से प्रेरित संकल्प और कामनाएँ जीवित हैं, उन्हें ईश्वर के अनुभव में स्थिरता प्राप्त नहीं हो सकती। 'मैं' के छूटने पर ही सेल्फ का अनुभव किया जा सकता है। यदि एक संसारी व्यक्ति ईश्वर भक्ति में इस 'व्यक्तिगत् मैं' को छोड़ दे और यूनिवर्सल मैं (सेल्फ) को ही संकल्प लेने दे तो वह संसार में रहते हुए, अपने समस्त काम करते हुए स्वअनुभव प्राप्त कर सकता है।

राजा जनक, संत कबीर और संत रैदास इत्यादि इसके उदाहरण हैं, गृहस्थ होने के बावजूद, उन्होंने अपने सभी सांसारिक कर्तव्यों को निभाते हुए, स्वअनुभव प्राप्त किया। क्योंकि उनके शरीर से संकल्प लेनेवाला

कोई व्यक्तिगत् मैं नहीं बल्कि यूनिवर्सल मैं (सेल्फ) था।

श्रीकृष्ण कहते हैं- जिस भी इंसान को योग (स्वअनुभव पाने) की इच्छा है, उसके इस दिशा में किए जानेवाले सभी कर्म निष्काम होने चाहिए। अर्थात फल की आशा त्यागकर, पूरे उत्साह से बस कर्म करना चाहिए। उसका यही विचार होना चाहिए- 'इस शरीर के द्वारा करनेवाला भी वही है, पानेवाला भी वही है... उसे जो लगे अच्छा, वही मेरी इच्छा...' इस समझ के साथ सारे संकल्पों को त्यागकर, योगप्राप्ति के निमित् कर्म होने चाहिए।

4

श्लोक अनुवाद : जिस काल में न (तो) इन्द्रियों के भोगों में (और) न कर्मों में ही आसक्त होता है, उस काल में सर्वसंकल्पों का त्यागी पुरुष योगारूढ़ कहा जाता है।।४।।

गीतार्थ : आगे श्रीकृष्ण बताते हैं कि एक इंसान कब योगारूढ़ होता है। योगारूढ़ होने का अर्थ है - स्वअनुभव की अवस्था पर स्थापित हो जाना। जब एक इंसान के अंदर कोई व्यक्तिगत् मैं शेष नहीं रह जाता... उसका 'मैं', यूनिवर्सल मैं (सेल्फ) में विलीन हो जाता है तब वह योगारूढ़ होता है। 'मैं' के विलीन होने पर ही इंसान इंद्रिय सुखों और कर्मों से पूरी तरह से अनासक्त हो पाता है। वरना मैं, मेरा, मुझे... जैसे भाव उसे इंद्रियों सुखों से और कर्मों से चिपकाए रखते हैं।

● **मनन प्रश्न :**

१. अपने भीतर उठ रहे संकल्पों पर विचार कीजिए, देखिए कि वे व्यक्ति के हैं या सेल्फ के।

२. आज कुछ समय के लिए व्यक्ति के संकल्पों को सेल्फ के संकल्पों में बदलें, जैसे 'मैं यह करूँगा...' की जगह, 'ईश्वर यह करेगा...' सोचें।

भाग २

इंद्रियों पर विजयी
॥ ५-९ ॥

अध्याय ६

उद्धरेदात्मनाऽत्मानं नात्मानमवसादयेत्। आत्मैव ह्यात्मनो बन्धुरात्मैव रिपुरात्मनः ।।५।।

बन्धुरात्मात्मनस्तस्य येनात्मैवात्मना जितः। अनात्मनस्तु शत्रुत्वे वर्तेतात्मैव शत्रुवत् ।।६।।

जितात्मनः प्रशान्तस्य परमात्मा समाहितः। शीतोष्णसुखदुःखेषु तथा मानापमानयोः।।७।।

ज्ञानविज्ञानतृप्तात्मा कूटस्थो विजितेन्द्रियः। युक्त इत्युच्यते योगी समलोष्टाश्मकांचनः।।८।।

सुहृन्मित्रार्युदासीनमध्यस्थद्वेष्यबन्धुषु। साधुष्वपि च पापेषु समबुद्धिर्विशिष्यते।।९।।

5-6

श्लोक अनुवाद : अपने द्वारा अपना (संसार-समुद्र से) उद्धार करे (और) अपने को अधोगति में न डाले क्योंकि (यह मनुष्य) आप ही तो अपना मित्र है (और) आप ही अपना शत्रु है।।५।।

जिस जीवात्मा द्वारा मन और इन्द्रियों सहित शरीर जीता हुआ है, उस जीवात्मा का (तो वह) आप ही मित्र है और जिसके द्वारा मन तथा इन्द्रियों सहित शरीर नहीं जीता गया है, उसके लिए (वह) आप ही शत्रु के सदृश शत्रुता में बरतता है।।६।।

गीतार्थ : प्रस्तुत श्लोकों में श्रीकृष्ण कितनी सटीक बात कह रहे हैं कि इंसान स्वयं ही अपना सबसे बड़ा शत्रु है और वह स्वयं ही अपना सबसे बड़ा मित्र है। उसकी अपनी सोच, अपने कर्म या तो उसका नुकसान करते हैं या फायदा। इंसान को क्या करना चाहिए, क्या नहीं करना चाहिए... ये सब बातें सभी को पता हैं। आजकल तो ऐसे सभी ज्ञान वचन खासकर स्वास्थ्य संबंधी सलाह वाट्सअप, फेसबुक आदि पर भी इधर से उधर फारवर्ड होते रहते हैं। क्या, कब और कितना खाना चाहिए, क्या चीजें नुकसानदायक हैं, कितना व्यायाम करना चाहिए आदि। परंतु कितने लोग उन्हें पढ़कर मनन करते हैं, कितने लोग उन्हें जीवन में उतारते हैं? बस इधर से ज्ञान मिला और उधर फारवर्ड कर दिया।

जो लोग स्वाद के लालच में ज़रूरत से ज़्यादा खा लेते हैं, ज़रूरत से ज़्यादा आराम करते हैं, एक्सरसाइज नहीं करते, नकारात्मक विचारों में उलझे रहते हैं, आलस्य में आकर अपने काम समय पर नहीं करते, व्यसनों में फँसते हैं... असफल होने के लिए उन्हें किसी दूसरे शत्रु की आवश्यकता नहीं है। वे अपने कर्मों से स्वयं को ही बरबाद करते हैं। वे जाने-अनजाने स्वयं ही अपने शत्रु होते हैं। ऐसे इंसानों के लिए ही श्रीकृष्ण कह रहे हैं कि जिसने अपने मन, इंद्रियों और शरीर को नहीं जीता, वह स्वयं अपना शत्रु है। इसके विपरीत जिनका मन, इंद्रिय और शरीर उनकी विवेक बुद्धि के काबू में है, वे स्वयं अपने मित्र हैं।

अध्याय ६ : ७

एक इंसान अपने वाट्सअप मैसेज चेक कर रहा था। उसे अपने एक जानकार का मैसेज दिखाई दिया, जिसमें एक सत्य शिविर की जानकारी थी। साथ ही उस सत्य शिविर से होनेवाले अनगिनत लाभों का भी वर्णन था। वह इंसान मैसेज पढ़कर बहुत उत्साहित हो गया। उसने पक्का मन बना लिया कि वह उस शिविर में जाकर अपने जीवन को एक नयी सकारात्मक दिशा देगा।

कुछ समय बाद उसे किसी दूसरे जानकार का मैसेज मिला, जिसमें उसने एक काकटेल पार्टी का निमंत्रण भेजा था। उस पार्टी का भी वही समय था जो सत्य शिविर का था। अब जरा सोचिए, उस इंसान के मस्तिष्क में क्या द्वंद चल रहा होगा, वह दोनों में से किसका चुनाव करेगा? एक तरफ माया का आकर्षण है तो दूसरी तरफ सत्य की पुकार। अर्जुन की तरह उसका चुनाव ही तय करेगा कि वह अपना मित्र है अथवा शत्रु।

श्रीकृष्ण आपसे कह रहे हैं, 'अपने द्वारा अपना संसार-समुद्र से उद्धार करें और अपने को अधोगति में न डालें।' जब भी जीवन में सत्य और माया में से किसी एक के चुनाव का समय आए तो सत्य का ही चुनाव करें। माया के आकर्षण अस्थायी और भ्रामक हैं, जबकि सत्य आपको चिरस्थायी शांति और आनंद देनेवाला है।

7

श्लोक अनुवाद : सरदी-गरमी और सुख-दुःखादि में तथा मान और अपमान में जिसके अन्तःकरण की वृत्तियाँ भली-भाँति शांत हैं, (ऐसे) स्वाधीन आत्मावाले पुरुष के (ज्ञान में) सच्चिदानन्दघन परमात्मा सम्यक् प्रकार से स्थित हैं अर्थात उसके ज्ञान में परमात्मा के सिवा अन्य कुछ है ही नहीं।।७।।

गीतार्थ : जो इंसान परमात्मा के साथ एकाकार हो जाता है यानी

स्वअनुभव में स्थापित हो जाता है, उसकी चेतना उसके शरीर या मन से चिपकी नहीं रहती। वह सेल्फ के साथ जुड़ जाती है। इसी कारण उसे शरीर को प्रभावित करनेवाले कारक (तत्व) जैसे सर्दी, गर्मी, दर्द, पीड़ा आदि प्रभावित नहीं करते।

इस बात का अर्थ यह नहीं है कि उसके शरीर को सर्दी या गर्मी लगनी बंद हो जाएगी या चोट लगने पर पीड़ा नहीं होगी। इसका अर्थ यह है कि सर्दी तो लगेगी मगर सर्दी के कारण होनेवाली मन की बड़बड़ चालू नहीं होगी, जैसे आम लोगों की हो जाती है कि 'हाय इतनी सर्दी है... मैं तो मर ही जाऊँगा... भगवान ये तुमने कैसा मौसम कर दिया है...?' यदि चोट लगी तो चोट का दर्द तो होगा मगर दर्द होने का दुःख नहीं होगा कि 'हाय रे... मर गया... मैंने किसी का क्या बिगाड़ा था... मेरे साथ ही ऐसा क्यों हुआ... कितना दर्द हो रहा है...।'

एक स्वअनुभवी इंसान अपने शरीर और मन पर होनेवाले अनुभवों के प्रति स्वीकार भाव में रहता है। वह उनका मात्र साक्षी होता है। उसे किसी बात पर मान या अपमान महसूस नहीं होता क्योंकि उसे सामनेवाले में भी ईश्वर दिखाई देता है और अपने में भी। वह जानता है कि हर कर्म का कर्ता भी वही है और भोक्ता भी वही एक सेल्फ है। इस कारण उसका अंतःकरण हमेशा शांत और ईश्वर में ही लीन रहता है। उसके लिए यही बात सत्य है कि **'ईश्वर ही है और कोई नहीं, यह पक्का है, पता है।'**

8-9

श्लोक अनुवाद : जिसका अंतःकरण ज्ञान–विज्ञान से तृप्त है, जिसकी स्थिति विकाररहित है, जिसकी इंद्रियाँ भली–भाँति जीती हुई हैं (और) जिसके लिए मिट्टी, पत्थर और सुवर्ण समान हैं, (वह) योगी युक्त अर्थात भगवत्प्राप्त है, ऐसे कहा जाता है।।८।।

अध्याय ६ : ८-९

सुहृद्[1] मित्र, वैरी, उदासीन[2], मध्यस्थ[3], द्वेष्य और बन्धुगणों में, धर्मात्माओं में और पापियों में भी समान भाव रखनेवाला अत्यन्त श्रेष्ठ है।।९।।

गीतार्थ : प्रस्तुत श्लोक में श्रीकृष्ण ऐसे योगी की स्थिति बता रहे हैं, जिसने ईश्वर को पा लिया है। अर्थात जो स्वअनुभव में स्थापित हो चुका है। वह उच्चतम ज्ञान को पा चुका है इसलिए उसके अंदर अब किसी प्रकार की शंका, गलत मान्यताएँ, दुविधा आदि नहीं है। उसके भीतर का अज्ञान रूपी अंधकार ज्ञान के प्रकाश से दूर हो चुका है।

वह हर विकार से दूर है। विकारों के जनक तो माया और अज्ञान हैं। विकारों की शुरुआत वहीं से होती है, जहाँ से इंसान स्वयं को 'यूनिवर्सल मैं (सेल्फ)' से अलग करके 'व्यक्तिगत् मैं' बन जाता है। खुद को 'मैं' मानना ही सबसे बड़ा विकार है। इसके बाद ही उसमें बाकी विकार जैसे गुस्सा, ईर्ष्या, घमंड, मोह, लालच, नफरत आदि पनपते हैं।

स्वअनुभवी इंसान की इंद्रियाँ उसके वश में होती हैं। उसकी इंद्रियाँ विवेक बुद्धि द्वारा नियंत्रित होती हैं, मन के द्वारा नहीं। वे अपने सभी स्वाभाविक कार्य पूरा करती हैं और विषयों में नहीं उलझतीं। ऐसे इंसान के मन में भेद बुद्धि नहीं होती है। वह न तो किसी को किसी से श्रेष्ठ समझता है, न ही कम। इसलिए उसके लिए मिट्टी, सोना और पत्थर में कोई अंतर नहीं होता।

आगे श्रीकृष्ण कहते हैं, स्वअनुभवी योगी अलग-अलग इंसानों में भी भेद दृष्टि नहीं रखता। वह सुहृद (जिसका हृदय भला हो), मित्र, वैरी (दुश्मन), उदासीन (जो किसी तरह का पक्षपात न करता हो), मध्यस्थ (दोनों पक्षों की भलाई चाहनेवाला), द्वेषी (नफरत करनेवाला) और

---

१. स्वार्थ रहित सबका हित करनेवाला
२. पक्षपातरहित
३. दोनों ओर की भलाई चाहनेवाला

अध्याय ६ : ८-९

बन्धुगणों (भले रिश्तेदारों) में, धर्मात्माओं में और पापियों में भी समान भाव रखनेवाला है।

वह अनुभव से जानता है कि सामने दिख रहे शरीर तो शव मात्र है। उन शवों का प्राण वही एक सेल्फ है, जो निर्गुण विकाररहित है। तो फिर किसे भला कहा जाए, किसे बुरा... कौन अपना है और कौन पराया... कौन पापी है और कौन धर्मात्मा...। सभी शरीर अपना-अपना रोल निभा रहे हैं... मूलतः सभी शुद्ध हैं, बुद्ध हैं...। अगर उनमें कुछ गलत है तो वे हैं उन शरीरों के विचार, विकार, वृत्तियाँ, अहंकार...। ये बुराइयाँ सत्य के ज्ञान से दूर हो सकती हैं।

अध्याय ६ : ८-९

● मनन प्रश्न :

१. आपके जीवन में ऐसा कौन सा इंद्रिय विषय है, जिसके बारे में आप जानते हैं कि वह गलत है, फिर भी आप उसमें फँसे हुए हैं?

२. आज दिनभर चेक करें कि कब-कब आपका मन आपके दिल की आवाज को दबाकर अपने बहानों में उलझाता है?

भाग ३
अब आत्मसंयमी क्या करे
|| १०-२३ ||

अध्याय ६

योगी युञ्जीत सततमात्मानं रहसि स्थितः। एकाकी यतचित्तात्मा निराशीरपरिग्रहः।।१०।।

शुचौ देशे प्रतिष्ठाप्य स्थिरमासनमात्मनः। नात्युच्छ्रितं नातिनीचं चैलाजिनकुशोत्तरम्।।११।।

तत्रैकाग्रं मनः कृत्वा यतचित्तेन्द्रियक्रियः। उपविश्यासने युञ्ज्याद्योगमात्मविशुद्धये।।१२।।

समं कायशिरोग्रीवं धारयन्नचलं स्थिरः। सम्प्रेक्ष्य नासिकाग्रं स्वं दिशश्चानवलोकयन्।।१३।।

प्रशान्तात्मा विगतभीर्ब्रह्मचारिव्रते स्थितः। मनः संयम्य मच्चित्तो युक्त आसीत मत्परः।।१४।।

युञ्जन्नेवं सदात्मानं योगी नियतमानसः। शान्तिं निर्वाणपरमां मत्संस्थामधिगच्छति।।१५।।

नात्यश्नतस्तु योगोऽस्ति न चैकान्तमनश्नतः। न चाति स्वप्नशीलस्य जाग्रतो नैव चार्जुन।।१६।।

युक्ताहारविहारस्य युक्तचेष्टस्य कर्मसु । युक्तस्वप्नावबोधस्य योगो भवति दुःखहा।।१७।।

यदा विनियतं चित्तमात्मन्येवावतिष्ठते। निःस्पृहः सर्वकामेभ्यो युक्त इत्युच्यते तदा।।१८।।

यथा दीपो निवातस्थो नेंगते सोपमा स्मृता। योगिनो यतचित्तस्य युञ्जतो योगमात्मनः।।१९।।

यत्रोपरमते चित्तं निरुद्धं योगसेवया। यत्र चैवात्मनात्मानं पश्यन्नात्मनि तुष्यति।।२०।।

सुखमात्यन्तिकं यत्तद्बुद्धिग्राह्यमतीन्द्रियम्। वेत्ति यत्र न चैवायं स्थितश्चलति तत्त्वतः।।२१।।

यं लब्ध्वा चापरं लाभं मन्यते नाधिकं ततः। यस्मिन्स्थितो न दुःखेन गुरुणापि विचाल्यते।।२२।।

'तं विद्याद् दुःखसंयोगवियोगं योगसञ्ज्ञितम्। स निश्चयेन योक्तव्यो योगोऽनिर्विण्णचेतसा।।२३।।

10

श्लोक अनुवाद : मन और इंद्रियों सहित शरीर को वश में रखनेवाला, आशारहित (और) संग्रहरहित योगी अकेला ही एकांत स्थान में स्थित होकर आत्मा को निरंतर (परमात्मा में) लगावे।।१०।।

गीतार्थ : प्रस्तुत श्लोक में श्रीकृष्ण अर्जुन को एक तरह से ध्यान मार्ग का परिचय दे रहे हैं। वे कहते हैं- अनुशासित मन और इंद्रियोंवाले, किसी भी तरह की इच्छा या आशा न करनेवाले तथा सुखभोग हेतु अपने लिए चीज़ों को जमा न करने की आदतवाले साधक को चाहिए कि वह सांसारिक शोर-शराबे से दूर, एकांत में ध्यान में बैठे और अपने अंदर रहनेवाले सेल्फ से योग करने का प्रयास करे।

यहाँ श्रीकृष्ण ने ध्यान करने की पात्रता में तीन बातें बताई हैं। पहली- मन और इंद्रियों का अनुशासन। दूसरी- इच्छा एवं अपेक्षाओं का अभाव। तीसरी- ज़रूरत से ज़्यादा इकट्ठा करने की प्रवृत्ति का अभाव। इन तीनों बातों के होने पर ही ध्यान पूरी तरह सफल हो पाता है।

इसके विपरीत, इंसान जब से होश संभालता है उसके मन और इंद्रियाँ उसे बाहर की ओर ही दौड़ाती रहती हैं। यह करना है, वह चाहिए, खाना-खाना है, फलाँ जगह जाना है, इसने ऐसा कहा-वैसा कहा आदि। ऐसा ही कुछ सोचते-सोचते और करते इंसान का पूरा जीवन निकल जाता है। इंद्रियाँ, इंसान की अभिव्यक्ति में सहायता करने के लिए बनी थीं मगर वे उससे अपनी ही सेवा करवाती रहती हैं।

इंसान के मन को आप एक बोतल में बंद जिन्न की तरह समझ सकते हैं। गहरी नींद में यह जिन्न बोतल (शरीर) के अंदर चला जाता है और शांत रहता है। तभी गहरी नींद में विचार आपको तंग नहीं करते। नींद खुलते ही यह जिन्न बाहर आकर पुनः कुछ न कुछ काम करना शुरू कर देता है।

लोग जब अपने बेलगाम विचारों से बहुत परेशान हो जाते हैं तो वे उन्हें अलग-अलग तरीकों से भगाने की कोशिश करते हैं। जैसे- फोन पर गप्पे लड़ाना, टी.वी. देखना, स्वादिष्ट व्यंजन खाना... कुछ लोग तो शराब-नशे

जैसे बुरे व्यसन का भी सहारा लेते हैं। मगर इससे कुछ स्थायी लाभ नहीं होता। आप जबरदस्ती जिन्न को बोतल में वापस नहीं भेज सकते हैं। उसके लिए पहले जिन्न को तैयार करना पड़ेगा। उसे सहज समर्पित होना सिखाना पड़ेगा। तभी वह वापस बोतल में यानी हृदयस्थान (सेल्फ का निवास स्थान) पर जाएगा।

साधक जब सत्य के मार्ग पर चलता है, सत्य संघ में रहते हुए सत्य का श्रवण, मनन, पठन, सेवा, भक्ति आदि करता है तो धीरे-धीरे ज्ञान उसके व्यवहार में उतरने लगता है। जिससे इंद्रियाँ अनुशासित हो जाती हैं, संग्रह प्रवृत्ति और इच्छाओं से भी धीरे-धीरे मुक्ति मिलती है। जहाँ तक मन की बात है तो उसे अनुशासित और समर्पित करने का सबसे बेहतर मार्ग ध्यान (मेडिटेशन) और भक्ति है। अगले कुछ श्लोकों में आप ध्यान को समझने जा रहे हैं।

ध्यान रहस्य

वैसे तो ध्यान का अर्थ बहुत ही व्यापक है। यहाँ ध्यान का अर्थ है अपने होने के एहसास (सेल्फ) पर स्थापित होना। स्वअनुभव में रहना ही ध्यान है। जिसे संभव करने के लिए अनेक विधियाँ बनीं, जिनमें मन पर काम किया गया। समझ के अभाव में लोग विधियों को ही ध्यान (मेडिटेशन) कहने लगे।

ये सभी वास्तव में ध्यान को शुरू करने की और मन को अनुशासित करने की, एकाग्रता बढ़ाने की तकनीके हैं। यदि आज की भाषा में इन्हें ध्यान कहा जाए तो वास्तविक ध्यान को स्वध्यान कहा जा सकता है। इस प्रकार ध्यान रास्ता है, जिस पर चलकर स्वध्यान की मंज़िल पाई जा सकती है ताकि आपको किसी तरह का संशय न हो इसलिए हम विधियों को ही ध्यान कहेंगे।

ध्यान वह अवस्था है, जहाँ आप कुछ समय के लिए इस मन रूपी जिन्न को शांत कर और बाहरी विषयों से हटाकर स्रोत पर भेजते हैं। ध्यान करनेवाले साधक को चाहिए कि एक नियत समय पर तो

अध्याय ६ : ११-१३

ध्यान का अभ्यास करे ही, साथ ही दिन में जब इस मन के पास कोई उपयुक्त काम न हो तब भी इसे स्रोत पर ले जाए वरना कहते हैं ना, खाली दिमाग शैतान का घर...। वह अपने लिए कुछ न कुछ उल्टे-सीधे काम खोज निकालेगा। ध्यान की बारीकियों को आप विस्तार से समझकर आत्मसंयमयोग को साध लें।

11-13

श्लोक अनुवाद : शुद्ध भूमि में, (जिसके ऊपर क्रमशः) कुशा, मृगछाला और वस्त्र बिछे हैं, (जो) न बहुत ऊँचा है (और) न बहुत नीचा, (ऐसे) अपने आसन को स्थिर स्थापन करके।।११।।

उस आसन पर बैठकर चित्त और इंद्रियों की क्रियाओं को वश में रखते हुए मन को एकाग्र करके अंतःकरण की शुद्धि के लिए योग का अभ्यास करे।।१२।।

काया, सिर और गले को समान (एवं) अचल धारण करके और स्थिर होकर, अपनी नासिका के अग्रभाग पर दृष्टि जमाकर, (अन्य) दिशाओं को न देखता हुआ– ।।१३।।

गीतार्थ : प्रस्तुत श्लोकों में श्रीकृष्ण ध्यान में बैठने की पूर्व तैयारी की बात कर रहे हैं। ध्यान के शुरुआती दौर में कुछ बातों का खयाल रखना ज़रूरी है। जैसे– समय, स्थान, आसन, शारीरिक स्थिति, मानसिक स्थिति, मुद्रा आदि। इसीलिए श्रीकृष्ण अर्जुन को ध्यान में बैठने का तरीका बताते हुए कहते हैं कि 'ध्यान के लिए शुद्ध वातावरण में बैठना चाहिए।' जगह हवादार, साफ-सुथरी और समतल हो। वहाँ शोर-शराबा न हो। ध्यान के लिए आरामदायक कपड़े जैसे कंबल, बिछौना के आसन पर बैठना चाहिए। बैठते हुए कमर और गर्दन सीधी एवं तनावरहित होनी चाहिए।

पैरों को मोड़ करके बैठ सकते हैं। सुखासन, पद्मासन, वज्रासन... जिस भी आसन में आपका शरीर आराम से ज़्यादा समय के लिए बैठ

पाए, उसका चयन आप कर सकते हैं। शरीर को सिग्नल मिले कि अब आप ध्यान में बैठ रहे हैं इसके लिए हाथों को किसी खास मुद्रा में भी रख सकते हैं। जैसे- ज्ञान मुद्रा, बुद्ध की ध्यान मुद्रा, ग्रहणशील मुद्रा (हाथ घुटनों पर ऊपर की ओर खोलकर रखना) आदि।

ध्यान किसी भी समय किया जा सकता है। मगर सुबह-सुबह नींद से उठने के बाद किया गया ध्यान सबसे ज़्यादा सहज और अच्छा होता है क्योंकि सुबह के समय शरीर और मन दोनों शांत एवं तरोताजा होते हैं। सुबह का ध्यान आपको पूरे दिन के लिए ऊर्जा और सकारात्मकता से भर देता है।

एक बात और जो श्रीकृष्ण ने अर्जुन को नहीं बताई थी, जो उस काल में नहीं थी मगर आज के साधक को बताना बेहद ज़रूरी है, वह यह कि ध्यान करते हुए मोबाइल फोन स्वीच ऑफ करें या फिर साइलेंट मोड पर ज़रूर रखें। आज ध्यान में सबसे बड़ा विघ्न मोबाइल फोन ही है।

आगे श्रीकृष्ण ने अपनी नाक के अग्रभाग पर दृष्टि जमाकर, अन्य दिशाओं को न देखते हुए साँस पर ध्यान करने को कहा है। दरअसल यह भी एक ध्यान विधि ही है। आप अपनी समझ और सुविधा से किसी अन्य मेडिटेशन तकनीक का चयन कर सकते हैं।

14-15

श्लोक अनुवाद : ब्रह्मचारी के व्रत में स्थित, भयरहित (तथा) भली-भाँति शांत अंतःकरणवाला सावधान योगी मन को रोककर मुझमें चित्तवाला (और) मेरे परायण होकर स्थित होवे।।१४।।

वश में किए हुए मनवाला योगी इस प्रकार आत्मा को निरंतर (मुझ परमेश्वर के स्वरूप में) लगाता हुआ मुझमें रहनेवाली परमानन्द की पराकाष्ठारूप शान्ति को प्राप्त होता है।।१५।।

गीतार्थ : यहाँ पर श्रीकृष्ण अर्जुन से ऐसे चार गुणों की बात कह रहे हैं, जिनसे युक्त साधक ध्यान (सेल्फ) में भली-भाँति स्थित होता हुआ

परमानंद, मौन और शांति को पाता है।

इन चार गुणों में पहला है- **'भयरहितता'** यानी मन में किसी भी बात के लिए डर या असुरक्षा का भाव न होना। ईश्वर के प्रति पूर्ण समर्पित होने से भयरहितता आती है। ऐसे में साधक सोचता है, 'ईश्वर मेरा भरपूर खयाल रख रहा है। वह मेरा रक्षक है अतः मुझे किसी भी तरह के भय की कोई आवश्यकता ही नहीं है।'

दूसरा गुण है- **शांत अंतःकरणवाला**। अपने सब भार ईश्वर को सौंपकर, उसे ही कर्ता मानकर जीनेवाले साधक का अंतःकरण शांत रहता है। क्योंकि वहाँ न कुछ पाने की इच्छा शेष रहती है और न ही कुछ खोने का डर।

तीसरा गुण है- **अनुशासित मन**। मन के क्रिया-कलापों को साक्षीभाव से देखने पर वह अनुशासित होता है।

चौथा गुण है- **'ब्रह्मचर्य व्रत'**। यहाँ पहले 'ब्रह्मचर्य' या 'ब्रह्मचारी' शब्द के अर्थ को समझना आवश्यक है। सामान्यतः संसार में संन्यासियों या अविवाहितों को ब्रह्मचारी कहा जाता है। श्लोक में श्रीकृष्ण के कहने का तात्पर्य यह नहीं है कि वही व्यक्ति ध्यान साधना कर, ईश्वर को पा सकता है, जिसने शादी न की हो या यौन संबंधों का त्याग कर दिया हो। 'ब्रह्मचर्य' का अर्थ बहुत व्यापक है।

दो शब्दों के जोड़ से यह बना है-'ब्रह्म + चर'। 'ब्रह्म' का अर्थ है -सेल्फ, स्वअनुभव और 'चर' का अर्थ है- विचरनेवाला। अर्थात जो हमेशा स्वअनुभव में ही रहता हो, **जिसकी दिनचर्या ब्रह्मचर्य हो**, जिसका मन हमेशा माया से दूर हो, वही 'ब्रह्मचारी' है। इस प्रकार ब्रह्मचर्य एक मानसिक अवस्था है, शारीरिक नहीं। मान लीजिए, एक व्यक्ति अविवाहित है। वह स्त्रियों से तो दूर रहता है मगर वह सत्य साधक नहीं है। उसमें पद-प्रतिष्ठा का लालच, अहंकार, क्रोध आदि विकार हैं। वह स्वयं को शरीर मानकर कल्पना में जीता है तो फिर वह ब्रह्मचारी कैसे हुआ! वहीं दूसरी ओर एक भक्त विवाहित है। वह अपनी पत्नी से प्रेम

करता है। अपने सभी सांसारिक दायित्वों को निभाता है मगर वह माया में लिप्त नहीं है। उसमें लोभ, कामना, वासना जैसे दुर्गुणों का अभाव है। वह अहंकाररहित है और स्वअनुभव में स्थापित है। यानी सेल्फ में ही विचरनेवाला है तो वह भी ब्रह्मचारी ही कहा जाएगा। कबीर ऐसे ही विवाहित ब्रह्मचारी थे।

इस प्रकार श्रीकृष्ण द्वारा बताए चारों गुणों को अपनाकर, साधक ईश्वर में लीन होकर परम आनंद और शांति को पाता है।

16-17

श्लोक अनुवाद : हे अर्जुन! (यह) योग न तो बहुत खानेवाले का, न बिलकुल न खानेवाले का तथा न बहुत शयन करने के स्वभाववाले का और न (सदा) जागनेवाले का ही सिद्ध होता है।।१६।।

दुःखों का नाश करनेवाला योग (तो) यथायोग्य आहार-विहार करनेवाले का, कर्मों में यथायोग्य चेष्टा करनेवाले का (और) यथायोग्य सोने तथा जागनेवाले का (ही सिद्ध) होता है।।१७।।

गीतार्थ : इन श्लोकों में श्रीकृष्ण अर्जुन को ध्यान और सच्चा योग साधने के डू और डोंट्स (क्या करना चाहिए, क्या नहीं...) बता रहे हैं ताकि ध्यान योगी सफल हो सके। वे कहते हैं– ध्यान के लिए किसी भी तरह की अति उचित नहीं। संतुलित दिनचर्या, नींद, खान-पान संतुलित हो। श्रीकृष्ण के अनुसार ध्यान के साधक को निम्नलिखित बातों का खयाल रखना चाहिए।

१. भोजन सात्विक हो। आसानी से पचनेवाला और स्वास्थ्य वर्धक हो। भोजन उतना ही खाएँ, जितना ज़रूरी हो। पेट को न ज़्यादा खाली रखें और न ज़्यादा भरा। ज़्यादा भरे पेट से आलस्य और नींद आती है। खाली पेट भी साधना में मन नहीं लगता। इसीलिए संतुलित और सुपाच्य आहार करना चाहिए।

२. नींद संतुलित होनी चाहिए। ७-८ घंटे की नींद उचित है। ज़रूरत से

ज़्यादा सोने से भी दिनभर सुस्ती छायी रहती है। कम सोने से भी शरीर थका-थका सा रहता है, जिससे साधक ध्यान में नहीं बैठ पाता या उसकी ध्यान में नींद लग जाती है। जो लोग पूरी नींद नहीं लेते वे ध्यान में बैठते ही सो जाते हैं।

३. दिनभर की गतिविधियाँ, कामकाज संतुलित होने चाहिए। न बहुत ज़्यादा भाग-दौड़ और तनावयुक्त कार्य हो, न ही बिलकुल निठल्लापन हो...। फालतू के कामों से बचते हुए, आवश्यक कार्यों को कर्मयोग की समझ से करते हुए अपनी ऊर्जा को ध्यान के लिए बचाएँ।

ध्यान के लिए कोई गुरु या योग्य शिक्षक हो तो अच्छा है क्योंकि उनसे आप अपनी जिज्ञासाएँ और अनुभव शेयर कर सकते हैं। वे आपको उचित मार्गदर्शन दे सकते हैं।

18-19

श्लोक अनुवाद : अत्यन्त वश में किया हुआ चित्त जिस काल में परमात्मा में ही भली-भाँति स्थित हो जाता है, उस काल में सम्पूर्ण भोगों से स्पृहारहित पुरुष योगयुक्त है, ऐसा कहा जाता है।।१८।।

जिस प्रकार वायुरहित स्थान में स्थित दीपक चलायमान नहीं होता, वैसी ही उपमा परमात्मा के ध्यान में लगे हुए योगी के जीते हुए चित्त की कही गई है।।१९।।

गीतार्थ : यहाँ श्रीकृष्ण ध्यान में लीन योगी की तुलना ऐसे दीपक की ज्योति से कर रहे हैं, जो वायु का अभाव होने पर स्थिर रहकर प्रकाशित होती है। संसार में रहते-रहते इंसान पर माया का लेप चढ़ता रहता है। ध्यान एक स्नान की तरह है, जिससे वह लेप उतरता जाता है और अंततः माया के भीतर छिपा सत्य प्रकाशित होता है।

ऐसी स्थिति सिर्फ किसी एक तरीके जैसे ध्यान करने या भक्ति करने से नहीं आ सकती। इसके लिए सबसे ज़रूरी है समझ। ध्यान की समझ, भक्ति की समझ, सत्य के ज्ञान की समझ, माया और उसके

बंधनों-विकारों की समझ, मन और इंद्रियों की समझ। इस समझ को मनन द्वारा जीवन में उतारने पर, सारे सांसारिक मोह त्यागकर, भक्ति-भाव के साथ ईश्वर को पूर्ण समर्पित होकर, बिना किसी फल की आशा के जब ध्यान किया जाता है तब वह फलीभूत होता है। तब ध्यान में वह स्वयंभू सेल्फ प्रकाशित होता है। यही सच्चा योग कहलाता है।

20-21

श्लोक अनुवाद : योग के अभ्यास से निरुद्ध चित्त जिस अवस्था में उपराम हो जाता है और जिस अवस्था में (परमात्मा के ध्यान से शुद्ध हुई), सूक्ष्म बुद्धि द्वारा परमात्मा को साक्षात करता हुआ सच्चिदानन्दघन परमात्मा में ही संतुष्ट रहता है।।२०।।

इंद्रियों से अतीत केवल शुद्ध हुई सूक्ष्म बुद्धि द्वारा ग्रहण करने योग्य जो अनन्त आनन्द है; उसको जिस अवस्था में अनुभव करता है और जिस अवस्था में स्थित यह (योगी) परमात्मा के स्वरूप से विचलित होता ही नहीं।।२१।।

गीतार्थ : श्रीकृष्ण अर्जुन को ध्यान की उस उच्चतम अवस्था का वर्णन बता रहे हैं, जहाँ ध्यानकर्ता (अलग व्यक्ति) समाप्त हो जाता है। वह अपने होने के अनुभव को पा लेता है। ऐसी अवस्था में भक्त और भगवान दो नहीं रहते बल्कि एक हो जाते हैं। 'मैं वही हूँ, अहम् ब्रह्मास्मि, सोहम्...' जैसे भाव उसी अवस्था से निकलते हैं।

यह ऐसा ही है जैसे सोने का एक आभूषण खुद को सोना नहीं बल्कि कंगन मानता है और खुद को दूसरे आभूषणों जैसे माला, अंगूठी, हार आदि से अलग मानता है। ऐसे में उसे बोध हो जाए कि वह कंगन नहीं बल्कि सोना है और बाकी आभूषण भी माला, अंगूठी, हार आदि नहीं बल्कि सोना ही हैं। वे और मैं एक ही हैं, अलग नहीं...।

यह अवस्था मन, बुद्धि और इंद्रियों के पार की अवस्था है। अतः इसे मन या बुद्धि के द्वारा नहीं समझा जा सकता। जब मन नमन (उपराम) होकर चुप हो जाता है, बुद्धि अपने जानने का अहंकार छोड़ देती है तब

उनके पीछे छिपा सत्य प्रकाशित होता है।

22-23

श्लोक अनुवाद : परमात्मा की प्राप्ति रूप जिस लाभ को प्राप्त होकर उससे अधिक दूसरा (कुछ भी लाभ) नहीं मानता और (परमात्मा प्राप्ति रूप) जिस अवस्था में स्थित (योगी) बड़े भारी दुःख से भी चलायमान नहीं होता।।२२।।

और जो दुःखरूप संसार के संयोग से रहित है (तथा) जिसका नाम योग है, उसको जानना चाहिए। वह योग न उकताये हुए अर्थात् धैर्य और उत्साहयुक्त चित्त से निश्चयपूर्वक करना कर्तव्य है।।२३।।

गीतार्थ : एक इंसान करोड़ों की संपत्ति का मालिक हो तो क्या कोई उसे १० रुपए का लालच दे सकता है...? एक इंसान पूरे समुद्र का मालिक हो तो क्या कोई उसे लोटे भर पानी का लालच दे सकता है? नहीं। ऐसे ही जिसने स्वयं को जान लिया, उसके लिए कुछ जानना शेष नहीं रहता। जिसने परमानंद को पा लिया, वह छोटी-मोटी सांसारिक खुशियों के पीछे नहीं भागता। इसीलिए श्रीकृष्ण कहते हैं– परमात्मा की प्राप्ति रूपी लाभ को पाकर इंसान किसी अन्य लाभ की कामना कर ही नहीं सकता। सभी लाभ इस महालाभ के आगे तुच्छ हैं।

वे आगे कहते हैं– योग वास्तव में वह है, जिसमें स्थापित होकर इंसान बड़े से बड़े दुःख को भी हँसते-हँसते झेल जाता है। इस बात का सबसे बड़ा उदाहरण ईसा मसीहा हैं। जरा सोचिए, उस अवस्था को जहाँ उनके शरीर को कीलों से ठोककर सूली पर लटकाया जा रहा है, उन्हें असहनीय, अमानवीय पीड़ाएँ दी जा रही हैं, फिर भी उनके मन में शांति है। वे ईश्वर से प्रार्थना कर रहे हैं कि 'हे प्रभु मुझे कष्ट देनेवालों को क्षमा करें क्योंकि वे अज्ञान में हैं। वे नहीं जानते कि वे क्या कर रहे हैं।' सोचिए, क्या एक सामान्य इंसान ऐसा कर सकता है? नहीं! ऐसा तो केवल ईश्वर के योग में स्थित जीज़स, मीरा, मंसूर जैसे संत ही कर सकते हैं।

अध्याय ६ : २२-२३

आगे श्रीकृष्ण ध्यान में उत्साह और निरंतरता बनाए रखने की बात कर रहे हैं। ध्यान के चार मुख्य दुश्मन हैं। वे हैं- निराशा, शंका, नकारात्मक विचार और आलस्य। साधक को इन चारों दुश्मनों से बचकर रहना चाहिए। जब ध्यान किसी परिणाम की चाहत से किया जाता है तब मन बार-बार चेक करता है कि कुछ हुआ या नहीं...? मन को कुछ नहीं मिलने पर वह निराश हो जाता है। फलस्वरूप शंकाएँ पैदा करने लगता है- ध्यान से कुछ होता भी है या नहीं... मैं ठीक भी कर रहा हूँ या नहीं...।

साथ ही शुरू-शुरू में ध्यान में बैठते ही विचारों का जबरदस्त हमला होता है। माया के (नकारात्मक) विचार हमला बोल देते हैं। जिन पर ध्यान देने के बजाय इनको साक्षी भाव से देखते हुए गुज़रने देना चाहिए यानी 'लेट गो' कर देना चाहिए। वरना उन विचारों से आप जितना चिपकेंगे, वे आपसे और अधिक चिपकेंगे। फिर आप कहेंगे- 'मैं ध्यान में नहीं बैठूँगा, इससे तो मेरी नकारात्मकता और बढ़ती है।' इस तरह नकारात्मक विचार, निराशा और शंकाएँ आने पर ध्यान से उकताहट होने लगती है।

इनके अतिरिक्त आलस भी ध्यान का बड़ा दुश्मन है। सुस्ती के कारण हम ध्यान में बैठना टाल देते हैं या बैठते हैं तो सोने लग जाते हैं। ऐसे ध्यान करने से कोई लाभ नहीं मिलता।

श्रीकृष्ण ध्यान को कर्तव्य समझकर हर हाल में निरंतरता से करने की बात कह रहे हैं। चाहे जो हो, एक नियत समय के लिए ध्यान में बैठने का इंटेशन लेना चाहिए और उसे पूरा करना चाहिए। इससे धीरे-धीरे मन और शरीर को सहजता से ध्यान करने की आदत पड़ेगी और वे अनुशासित होंगे।

● **मनन प्रश्न :**

१. मनन करें, जब आप ध्यान में बैठते हैं तो कौन सी इंद्री आपको ध्यान में विचलित करती है या कौन से विचार हैं, जो ध्यान से हटाते हैं। उन्हें साक्षीभाव से देखकर छोड़ दें।

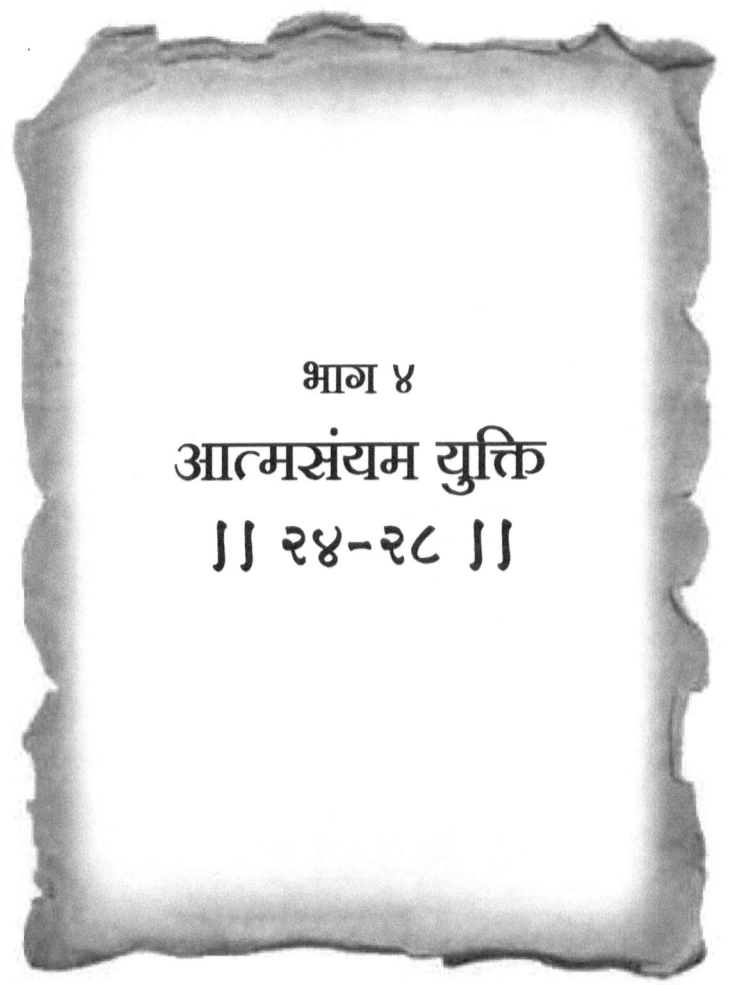

भाग ४
आत्मसंयम युक्ति
|| २४-२८ ||

अध्याय ६

सङ्कल्पप्रभवान्कामांस्त्यक्त्वा सर्वानशेषतः। मनसैवेन्द्रियग्रामं विनियम्य समन्ततः।।२४।।

शनैः शनैरुपरमेद्बुद्धया धृतिगृहीतया। आत्मसंस्थं मनः कृत्वा न किंचिदपि चिन्तयेत्।।२५।।

यतो यतो निश्चरति मनश्चञ्चलमस्थिरम्। ततस्ततो नियम्यैतदात्मन्येव वशं नयेत।।२६।।

प्रशान्तमनसं ह्येनं योगिनं सुखमुत्तमम्। उपैति शांतरजसं ब्रह्मभूतमकल्मषम्।।२७।।

युञ्जन्नेवं सदात्मानं योगी विगतकल्मषः। सुखेन ब्रह्मसंस्पर्शमत्यन्तं सुखमश्नुते।।२८।।

24-25

श्लोक अनुवाद : इसलिए मनुष्य को चाहिए कि– संकल्प से उत्पन्न होनेवाली सम्पूर्ण कामनाओं को निःशेष रूप से त्यागकर (और) मन के द्वारा इन्द्रियों के समुदाय को सभी ओर से भली–भाँति रोककर–।।२४।।

क्रम–क्रम से (अभ्यास करता हुआ) उपरति को प्राप्त हो (तथा) धैर्ययुक्त बुद्धि के द्वारा मन को परमात्मा में स्थित करके (परमात्मा के सिवा और) कुछ भी चिन्तन न करे।।२५।।

गीतार्थ : प्रस्तुत श्लोक में श्रीकृष्ण बता रहे हैं कि ध्यानी (ध्यान करनेवाला इंसान) की स्थिति कैसी होनी चाहिए। सबसे पहली बात– संकल्प से उत्पन्न होनेवाली सम्पूर्ण कामनाओं में पूर्णतः त्याग होना चाहिए। अर्थात कामनाओं में वासना और आसक्ति न हो। उनके साथ 'मैं, मेरा, मुझे...' जैसे व्यक्तिगत भाव न जुड़े हों। जैसे– एक ध्यानी इस भाव के साथ ध्यान में बैठता है कि 'मुझे ध्यान करना है, आगे जैसी ईश्वर की इच्छा' तो इसमें कोई बुराई नहीं। मगर यदि वह इस अहंकार के साथ ध्यान में बैठता है, 'मैं ध्यानी हूँ... ध्यान में मैं यह अनुभव प्राप्त करूँगा...' तो श्रीकृष्ण उसे गलत बता रहे हैं।

स्वयं को मात्र सेल्फ का माध्यम मानकर, सब कुछ यहाँ तक कि ध्यान का परिणाम भी सेल्फ पर ही छोड़कर, केवल साक्षी भाव से उपस्थित होकर किया गया ध्यान ही वास्तव में स्वध्यान (स्वअनुभव) तक ले जाता है। कामनाओं की पूर्ति के लिए किया गया ध्यान, ध्यान नहीं है। ऐसा ध्यान सिर्फ साधक का अहंकार ही बढ़ाता है।

ध्यान की सफलता के लिए मन और इंद्रियों का अनुशासन ज़रूरी है। उनका ऐसा प्रशिक्षण हो कि वे माया में न भटकें। आँख और कान ऐसी दो इंद्रियाँ हैं, जिनके कारण इंसान सबसे ज़्यादा माया में जाता है। ये दोनों इंद्रियाँ सुबह से लेकर रात तक आपका ध्यान भटकाती हैं। इनका ऐसा प्रशिक्षण हो कि जहाँ भी जाएँ आपसे पूछकर ही जाएँ। मन में सत्य के विचार हों, इंद्रियाँ सत्य को ही ग्रहण करें और बुद्धि माया और सत्य में से सत्य का ही चयन करे। यदि ध्यान माया में जा रहा है तो उससे कहें– 'पलट... तेरा ध्यान किधर है? पलटकर अंदर लौट आ।' इस तरह ध्यान की खबरदारी ध्यान से करें।

धीरे-धीरे इस तरह मन, इंद्री और बुद्धि समर्पित होकर, सेल्फ के टूल (हथियार) बनेंगे, जो ध्यान में भी सहायक होंगे ही और सत्य की अभिव्यक्ति में भी।

26-28

श्लोक अनुवाद : यह स्थिर न रहनेवाला (और) चंचल मन जिस-जिस (शब्दादि विषय के निमित्त से संसार में) विचरता है, उस-उस (विषय से) रोककर यानी हटाकर इसे बार-बार परमात्मा में ही निरुद्ध करे।।२६।।

क्योंकि जिसका मन भली प्रकार शांत है, जो पाप से रहित है (और) जिसका रजोगुण शांत हो गया है, (ऐसे) इस सच्चिदानन्दघन ब्रह्म के साथ एकीभाव हुए योगी को उत्तम आनंद प्राप्त होता है।।२७।।

और वह पापरहित योगी इस प्रकार निरंतर आत्मा को (परमात्मा में) लगाता हुआ सुखपूर्वक परब्रह्म परमात्मा की प्राप्ति रूप अनन्त आनंद का अनुभव करता है।।२८।।

गीतार्थ : इंसान का मन एक बंदर की तरह है। इंद्रियाँ उसका ध्यान जिस ओर ले जाती हैं, वह उन्हीं के बारे में सोचना यानी नए-नए विचार पैदा करना शुरू कर देता है। वह स्वयं भी कल्पनाओं की कलाबाजियाँ खाता रहता है। कभी भूतकाल की यादों में चला जाता है तो कभी भविष्य की कल्पनाओं में उलझ जाता है। ऐसे चंचल मन के साथ ध्यान साधना नहीं हो सकती। इस मन को बार-बार परमात्मा में लगाकर शांत (निरुद्ध) करें।

एक रजोगुणी मन लगातार काम के बारे में ही सोचता रहता है। एक काम खत्म किया नहीं, वह दूसरे की प्लॅनिंग करने लगता है। रजोगुणी मन इंसान को ध्यान में बैठने ही नहीं देता। ध्यान के वक्त उसे सबसे ज़्यादा काम याद आते हैं। 'मेरे लिए तो कर्म ही पूजा है', ऐसा डायलॉग रजोगुणी मन की ही उपज है, जो ध्यान में बैठने को समय की

अध्याय ६ : २६-२८

बर्बादी मानता है।

ऐसे मन को नियंत्रित करने के लिए सबसे आवश्यक है- योगी उस पर होशपूर्ण पैनी नज़र रखे। जैसे ही मन इधर-उधर हुआ तुरंत आपको पता चले और आप उसकी लगाम खींच पाएँ। उसे कह पाएँ- 'पलट… तेरा ध्यान किधर है?' मन को सही दिशा और बारम्बार सत्यावी विचार देकर शांत और निर्मल बनाना चाहिए। इसके लिए उसे कुछ सकारात्मक आत्मसूचनाएँ भी दी जा सकती हैं। भटकने पर उसे उसका लक्ष्य याद दिलाया जा सकता है। शांत, निर्मल, शुद्ध मन के साथ साधक जब परमात्मा के ध्यान में बैठता है तो उसे सेल्फ का अनुभव और आनंद जल्दी होता है।

यहाँ पर मन को नमन (शून्य) करने के लिए एक ध्यान विधि दी जा रही है, जिसका आप लाभ ले सकते हैं।

निर्विचार ध्यान

१. ध्यान में बैठने से पहले नियोजित समय का बजर लगाएँ। उसके बाद ध्यान के लिए चुने हुए आसन और मुद्रा में आँखें बंद करते हुए बैठें।

२. ध्यान के दौरान मन को सूचित करें कि 'इस वक्त मैं ध्यान में खाली होने के लिए बैठा/बैठी हूँ।

३. इस वक्त आप अपनी मूल अवस्था में बैठे हैं, जहाँ ध्यान की यह समझ प्रखर है कि आप शरीर नहीं हैं। आप शरीर नहीं हैं तो जो है, वह क्या है? वह अवस्था कैसी है? उस अवस्था में कौन से आयाम दिखाई देते हैं? निर्विचार आयाम, जहाँ पता चलता है कि विचार आपको नहीं आ रहे हैं। विचार उस यंत्र में आ रहे हैं, जिसके सामने आप बैठे हैं। यह समझ रखते हुए ध्यान की गहराइयों में जाएँगे।

४. ध्यान में अपने विचारों को देखते हुए खुद को कहें- 'मैं निर्विचार अवस्था हूँ। शरीर में जो विचार चल रहे हैं, वे मेरे सामने हैं। उनकी वजह से मुझे अपना अनुभव हो रहा है।'

५. इस समझ के बाद शरीर में उठनेवाले विचारों को देखें कि 'क्या ये सचमुच चल रहे हैं या मुझे ऐसा लग रहा है?' जैसे दो पेड़ों के बीच में कोई आकृति तैयार होती है तो क्या वह आकृति सचमुच होती है या हमें उसका आभास होता है? इस समझ के साथ ध्यान में बैठें और जो विचार आएँ, उन्हें साक्षी भाव से जानते रहें। ध्यान में यदि आपको ऑफिस के विचार आएँ तो कहें, 'मुझे लग रहा है कि ऑफिस के विचार चल रहे हैं... मैं ये विचार नहीं हूँ बल्कि मैं इन्हें जाननेवाला हूँ।'

६. ध्यान में आगे खुद से कहें कि 'इस वक्त मुझे फलाँ इंसान के विचार आ रहे हैं, जो विचार हकीकत में नहीं हैं। वह विचार लग रहा है, महसूस हो रहा है, उस इंसान का चेहरा भी दिखाई दे रहा है लेकिन वास्तविक वह विचार नहीं है, सिर्फ लग रहा है।' आप निर्विचार अवस्था हैं।

७. निर्विचार अवस्था में बैठे रहें और आनेवाले हर विचार पर खुद को याद दिलाएँ कि 'विचार आ रहे हैं, ऐसा लग रहा है मगर विचार हैं ही नहीं।' आपको लग रहा है कि भूतकाल या भविष्यकाल के विचार चल रहे हैं मगर ऐसा नहीं है। सच्चाई यह है कि वह विचार है ही नहीं, आप पहले से ही निर्विचार अवस्था हैं। जैसे रेगिस्तान में पानी दिखता है मगर होता नहीं है। यह समझ में आ गया तो भाग-दौड़ खत्म हो जाती है। उसी तरह जो विचार चल रहे हैं, वे हैं ही नहीं, ये जब समझ में आता है तब उन विचारों को लेकर चलनेवाली परेशानी समाप्त हो जाती है।

८. बोरडम की भावना आए तो खुद से कहें 'मुझे लग रहा है बोर हो

रहा है, जो है नहीं'... 'लग रहा है नींद आ रही है, है नहीं।'

९. निर्विचार ध्यान चलने दें। शरीर में कोई दर्द हो तो खुद को बताएँ कि 'इस दर्द का दुःख अगर महसूस होता है तो वह असल में है नहीं।'

१०. यदि कोई सवाल उठे कि 'इसे करने से क्या लाभ?' तो खुद को याद दिलाएँ कि 'मुझे लगा कि यह सवाल उठा, हकीकत में कोई सवाल नहीं है', हर सवाल से आप मुक्त हैं। आप ही जवाब हैं... निर्विचार अवस्था ही जवाब है। इस ध्यान को कुछ समय चलने दें, उसके बाद ही आँखें खोलें।

इस ध्यान के ज़रिए आपने निर्विचार अवस्था में रहना सीखा। जब भी मन में विचारों का तूफान उठे तो उससे यह ध्यान ज़रूर करवाएँ।

● मनन प्रश्न :

१. मनन करें, ध्यान में आपको कौन अधिक भटकाता है, मन या शरीर की पीड़ाएँ?

भाग ७

आत्मसंयम का परिणाम
|| २९-३२ ||

अध्याय ६

सर्वभूतस्थमात्मानं सर्वभूतानि चात्मनि। ईक्षते योगयुक्तात्मा सर्वत्र समदर्शनः।।२९।।

यो मां पश्यति सर्वत्र सर्वं च मयि पश्यति। तस्याहं न प्रणश्यामि स च मे न प्रणश्यति।।३०।।

सर्वभूतस्थितं यो मां भजत्येकत्वमास्थितः। सर्वथा वर्तमानोऽपि स योगी मयि वर्तते।।३१।।

आत्मौपम्येन सर्वत्र समं पश्यति योऽर्जुन। सुखं वा यदि वा दुःखं स योगी परमो मतः।।३२।।

29-30

श्लोक अनुवाद : और हे अर्जुन! सर्वव्यापी अनंत चेतन में एकीभाव से स्थिति रूप योग से युक्त आत्मावाला (तथा) सबमें समभाव से देखनेवाला योगी आत्मा को सम्पूर्ण भूतों में स्थित और सम्पूर्ण भूतों को आत्मा में (कल्पित) देखता है।।२९।।

और जो पुरुष सम्पूर्ण भूतों में सबके आत्मरूप मुझ वासुदेव को ही (व्यापक) देखता है और सम्पूर्ण भूतों को मुझ वासुदेव के अन्तर्गत* देखता है, उसके लिए मैं अदृश्य नहीं होता और वह मेरे लिए अदृश्य नहीं होता।।३०।।

गीतार्थ : श्रीकृष्ण कह रहे हैं- जो उस परम सत्ता यानी ईश्वर को, तत्त्व से, व्यापक दृष्टिकोण से जान गया, फिर उसकी नज़रें क्या कभी उससे हट सकती हैं? उसे संसार में दिखाई देनेवाली हर जड़ और चेतन के अंदर उसी एकमेव सेल्फ के ही दर्शन होंगे और उस एकमेव सेल्फ के अंदर ही समस्त संसार नज़र आएगा। ऐसी दृष्टि रखनेवाले योगी के लिए ईश्वर कभी अदृश्य नहीं होगा।

मान लीजिए, एक सुनार है, उसके पास एक स्त्री अपने आभूषण बेचने आई है तो क्या वह सुनार उन आभूषणों के डिज़ाइन देखेगा... उनमें भेद देखेगा कि यह कंगन है या हार...। नहीं उसकी नज़र तो उनमें लगे स्वर्ण पर ही होगी। वे आभूषण किसी भी डिज़ाइन के हों, किसी भी बनावट के हों और किसी भी पैकिंग में हों, उसके लिए तो वे मात्र स्वर्ण ही हैं। वह उसी स्वर्ण का मूल्य आँकेगा।

स्वअनुभव में स्थित योगी की दृष्टि भी सुनार की तरह ही हो जाती है। कोई भी इंसान, जीव या जंतु हो, उसे उनमें सेल्फ ही नज़र आता है। उसके लिए संसार का हर रूप सेल्फ का ही रूप है।

श्रीकृष्ण (वासुदेव) कहते हैं- सारे जीव सेल्फ के अंदर हैं और सेल्फ संपूर्ण जीवों के अंदर है। इस बात को हम रसगुल्ले के उदाहरण से भली-भाँति

जैसे आकाश से उत्पन्न सर्वत्र विचरनेवाला महान् वायु सदा आकाश में ही स्थित है, वैसे ही मेरे संकल्प द्वारा उत्पन्न होने से संपूर्ण भूत मुझमें स्थित हैं, ऐसा जान।

समझ सकते हैं। किसी मिठाई की दुकान पर जाकर रसगुल्लों की ट्रे को देखिए। यदि आपसे पूछा जाए कि 'इसमें रस कहाँ है, रसगुल्लों के अंदर या उनके बाहर' तो आप कहेंगे, 'रसगुल्ले, रस में डूबे हैं। रस, रसगुल्लों के अंदर भी है और बाहर भी।' यही स्थिति सेल्फ और जीव की है। सेल्फ जीव का रस है। वह जीव के अंदर है और जीव सेल्फ के अंदर है।

31-32

श्लोक अनुवाद : इस प्रकार जो पुरुष एकीभाव में स्थित होकर सम्पूर्ण भूतों में आत्मरूप से स्थित मुझ सच्चिदानन्दघन वासुदेव को भजता है, वह योगी सब प्रकार से बरतता हुआ भी मुझमें (ही) बरतता है।।३१।।

और हे अर्जुन! जो योगी अपनी भाँति* सम्पूर्ण भूतों में सम देखता है और सुख अथवा दुःख को (भी सबमें सम देखता है), वह योगी परम श्रेष्ठ माना गया है।।३२।।

गीतार्थ : इस संसार में सामान्य इंसान कैसे जी रहा है, ज़रा विचार करें। एक इंसान सुबह उठता है। मैं तैयार हो रहा हूँ, इस भाव से तैयार होकर काम पर जाता है। वहाँ वह दूसरों के लिए काम करता है, जिससे वह अपने लिए धन कमाता है। उसे कोई कुछ गलत कह देता है तो बहुत बुरा लगता है और उस इंसान पर गुस्सा आता है कि 'फलाँ ने मुझे ऐसा कैसे कह दिया, मैं उसे देख लूँगा।' कई बार ऐसा भी होता है कि हम स्वयं के बारे में कुछ नकारात्मक सोचते हैं या खुद को ही बुरा-भला कह देते हैं। मगर तब हमें खुद पर गुस्सा नहीं आता कि 'मैंने स्वयं को ऐसा कैसे कहा, मैं खुद को देख लूँगा।' हमारा व्यवहार अपने प्रति कुछ

---

*जैसे मनुष्य अपने मस्तक, हाथ, पैर और गुदादि के साथ ब्राह्मण, क्षत्रिय, शूद्र और म्लेच्छादिकों का-सा बर्ताव करता हुआ भी उनमें आत्मभाव अर्थात अपनापन समान होने से सुख और दुःख को समान ही देखता है, वैसे ही सब भूतों में देखना 'अपनी भाँति' सम देखना है।

और होता है, दूसरों के प्रति कुछ और। हम जो काम अपने लिए करते हैं वे अलग ढंग से और अलग भाव से करते हैं और दूसरों के लिए अलग भाव से।

कहने का तात्पर्य यह है कि हमारी सारी सोच 'मेरे-तेरे' के आधार पर ही है। हमारे सारे कर्म भी मेरे-तेरे के आधार पर ही होते हैं। इस तरह हम द्वैत भाव (दो का भाव) से जीवन जीते हैं। फलस्वरूप हमें परिणाम भी द्वैत में (दो में बँटकर) मिलते हैं। जैसे सुख-दुःख, मान-अपमान, सफलता-असफलता, आशा-निराशा, प्रेम-नफरत... आदि।

अब यदि 'तेरे-मेरे' की जगह 'एक' (सेल्फ) लें तो क्या हो? जैसे दो खिलाड़ी एक खेल, खेल रहे हैं। जब एक जीतता है तो दूसरा हारता है। जब एक खुश होता है तो दूसरा दुःखी होता है। यदि खेल ऐसा हो जाए कि दोनों खिलाड़ी एक ही हो जाएँ। जैसे एक-दूसरे की फोटो कॉपी। कोई भी कॉपी जीते, जीत दोनों की ही होगी, दोनों ही खुश होंगे और दोनों ही सफल होंगे तो सोचिए खेल में कैसा आनंद आएगा!

उस योगी को जो स्वअनुभव में स्थित होकर जीता है, उसे ऐसे ही खिलाड़ी जैसा आनंद आता है क्योंकि अब न उसे किसी को हराना है, न किसी से जीतना है। उसे बस खेल भावना से खेलते हुए खेल का आनंद लेना है। ऐसा योगी सेल्फ बनकर ही खेलता है (मैं वही हूँ), सेल्फ के ही साथ खेलता है (कोई दूसरा है ही नहीं) और सेल्फ के लिए ही खेलता है यानी कर्म करता है। ऐसे ही योगी के लिए श्रीकृष्ण कहते हैं, 'वह योगी सब प्रकार से बरतता (व्यवहार करता) हुआ भी मुझमें ही बरतता है।' यानी उसका सब लेन-देन मुझसे (सेल्फ) ही है, किसी व्यक्ति से नहीं।

जो अद्वैत (एक ही सेल्फ) पर स्थापित हो गया, उसके जीवन से सभी द्वैत (मेरा-तेरा, सुख-दुःख, मान-अपमान, सफलता-असफलता) मिट जाते हैं और वह समभाव में रहने लगता है। ऐसे योगी को ही श्रीकृष्ण सर्वश्रेष्ठ बता रहे हैं।

● मनन प्रश्न :

१. क्या आप सुख-दुःख, मान-अपमान आदि में सम भावना रख पाते हैं? या अभी भी द्वैत में उलझते रहते हैं?

२. 'सबमें एक ही तत्त्व है' इस बात पर कितनी दृढ़ता प्राप्त हुई है?

भाग ६

मन को वश में कैसे लाएँ
॥ ३३-३६ ॥

अध्याय ६

योऽयं योगस्त्वया प्रोक्त: साम्येन मधुसूदन। एतस्याहं न पश्यामि चञ्चलत्वात्स्थितिं स्थिराम् ॥३३॥

चञ्चलं हि मन: कृष्ण प्रमाथि बलवद्दृढम्। तस्याहं निग्रहं मन्ये वायोरिव सुदुष्करम् ॥३४॥

असंशयं महाबाहो मनो दुर्निग्रहं चलम्। अभ्यासेन तु कौन्तेय वैराग्येण च गृह्यते ॥३५॥

असंयतात्मना योगो दुष्प्राप इति मे मति:। वश्यात्मना तु यतता शक्योऽवाप्तुमुपायत: ॥३६॥

33-34

श्लोक अनुवाद : अर्जुन बोले- हे मधुसूदन! जो यह योग आपने समभाव से कहा है, (मन के) चंचल होने से मैं इसकी नित्य स्थिति को नहीं देखता हूँ।।३३।।

क्योंकि हे श्रीकृष्ण! (यह) मन बड़ा चंचल, प्रमथन स्वभाववाला, बड़ा दृढ़ (और) बलवान है। इसलिए उसका वश में करना मैं वायु को रोकने की भाँति अत्यन्त दुष्कर मानता हूँ।।३४।।

गीतार्थ : श्रीकृष्ण ने अर्जुन को आत्मयोग में स्थापित होने की, प्राणीमात्र में समभाव रखने की जो सीख दी है, वह सुनने में बहुत अच्छी लगती है। मगर समस्या है- संसार में रहते हुए, माया के थपेड़े झेलते हुए, जीवन में यह सीख लागू कैसे हो? यह समस्या अर्जुन की ही नहीं बल्कि हर उस खोजी की है, जो सांसारिक माया से छूटना चाहता है। जो सत्य के मार्ग पर चलना चाहता है। इसके लिए वह सत्संग जाता है, अच्छी बातें सुनता है, ध्यान करने बैठता है। ये सब करके वह अच्छा और शांत महसूस करता है मगर जैसे ही सत्संग केंद्र से बाहर निकल संसार में जाता है तो एक ही झटके में उसकी सारी शांति भंग हो जाती है।

जैसे- एक खोजी ध्यान सेंटर पर ध्यान करके बहुत हलका और शांत महसूस कर रहा था। प्रवचन सुनकर उसने पूरा पक्का मन बना लिया था कि आज से प्रत्येक जीव में ईश्वर के ही दर्शन करेगा। सबको समभाव से देखेगा। यही सोचते-सोचते वह बाहर आया तो देखा कोई व्यक्ति उसके स्कूटर के सामने अपनी कार इस तरह से पार्क कर गया था कि उसका स्कूटर पार्किंग से निकल ही नहीं रहा था। उसने बहुत कोशिश की स्कूटर निकालने की मगर सफल नहीं हुआ। धीरे-धीरे सत्संग का असर समाप्त होने लगा, दिमाग गरम होने लगा और अंततः मन ने आदतन बड़बड़ शुरू कर डाली- 'कैसे लोग हैं... गाड़ी पार्क करने की तमीज नहीं... पता नहीं, कहाँ चला गया गाड़ी लगाकर... आने दो देखता हूँ उसे...।'

इसी गहमा-गहमी में स्कूटर निकालने के चक्कर में कार पर स्क्रेच पड़ गई। तभी कारवाला वहाँ आया। उसने कार पर स्क्रेच देखे तो वह भड़क गया। उसने तो सत्संग भी नहीं किया हुआ था। अब आगे के सीन की कल्पना आप

अध्याय ६ : ३५-३६

खुद कर सकते हैं। सत्संग में गया इंसान लड़-झगड़कर जब घर पहुँचा तो उसकी मानसिक स्थिति क्या होगी? शायद वह सोचे, 'ऐसे-ऐसे नालायक लोगों में कैसे ईश्वर देखा जा सकता है, सब फालतू की बातें हैं। संसार से दूर रहनेवाले साधु संन्यासियों के लिए ठीक है मगर हमारे जैसे लोगों के लिए नहीं, जो संसार में ईश्वरों के नहीं बल्कि राक्षसों के बीच रहते हैं।'

अर्जुन भी इसी कारण श्रीकृष्ण से कह रहा है, संसार में रहते-रहते मन के उलटा सोचने की, तर्क करने की, कलाबाज़ियाँ खाने की इतनी आदत पड़ चुकी है कि उसे संभालना मुश्किल है। इतने सालों की वृत्तियाँ पाल-पालकर वे बलवान हो चुकी हैं कि उन पर काबू पाना कठिन लगता है। बेलगाम मन पर काबू पाना ऐसा ही है, जैसे किसी तूफानी हवा को रोककर शांत करना।

35-36

श्लोक अनुवाद : श्री भगवान बोले– हे महाबाहो! निःसंदेह मन चंचल (और) कठिनता से वश में होनेवाला है। परन्तु हे कुंतीपुत्र अर्जुन! यह अभ्यास** और वैराग्य से वश में होता है।।३५।।

क्योंकि– जिसका मन वश में किया हुआ नहीं है, ऐसे पुरुष द्वारा योग दुष्प्राप्य है और वश में किए हुए मनवाले प्रयत्नशील पुरुष द्वारा साधन से (उसका) प्राप्त होना सहज है– यह मेरा मत है।।३६।।

गीतार्थ : निःसंदेह इंसान का मन बहुत शक्तिशाली होता है। बहुत कम लोग विचारों के महत्त्व और उसकी शक्ति से परिचित हैं एवं उसका सही इस्तेमाल करना जानते हैं। विचारों में इतनी शक्ति है कि यह एक बीमार शरीर को पूर्ण स्वस्थ और पूर्ण स्वस्थ शरीर को बीमार बना सकता है। विचारों की शक्ति से आप जो चाहे अपने जीवन में पा सकते हैं और विचारों की दुर्बलता से गँवा भी सकते हैं।

---

*भगवान के नाम और गुणों का श्रवण, कीर्तन, मनन तथा श्वास के द्वारा जप और भगवत्प्राप्ति विषयक शास्त्रों का पठन-पाठन इत्यादिक चेष्टाएँ भगवत्प्राप्ति के लिए बारम्बार करने का नाम 'अभ्यास' है।

अध्याय ६ : ३५-३६

यदि आप किसी समय अपने भीतर चलनेवाले विचारों का विश्लेषण करेंगे तो पाएँगे कि ज़्यादातर विचार भूतकाल में हो चुकी, भविष्य में हो सकनेवाली बातों का अनुमान, कल्पनाओं और विकारों (गुस्सा, चिड़चिड़ाहट, बोरडम, इच्छा, ईर्ष्या, लालच, अहंकार, किसी अन्य व्यक्ति की आलोचना, निंदा आदि) के ही होते हैं। बहुत कम और कभी-कभी ही वर्तमान के विचार रहते हैं।

मन की चाल को एक उदाहरण से समझें। एक चित्रकार संपूर्णतः अपनी कला में डूबकर एक तसवीर बना रहा था। तसवीर बनाते समय वह पूरी तरह वर्तमान में था। उस समय उसके भीतर तसवीर बनाने के लिए क्रियावी विचार ही चल रहे थे अतः वह शांत, प्रसन्न और आनंदित था। लेकिन तसवीर बनाते हुए बीच में ही उसके मन में भविष्य के, श्रेय और प्रशंसा लेने के विचार शुरू हो गए। जैसे- 'वाह! मैं क्या मास्टर पीस बना रहा हूँ... पता नहीं लोगों को पसंद भी आएगा या नहीं... यह बिकेगी या नहीं... मैं इसकी कितनी कीमत तय करूँ... पैसे अच्छे मिलने चाहिए ताकि मेरे फलाँ-फलाँ खर्चे पूरे हो जाएँ... इसके बाद मेरी गिनती दुनिया के महान चित्रकारों में होगी... मैं अपने विरोधियों को सिद्ध कर दूँगा कि मैं भी कुछ हूँ... !'

इस तरह जो कार्य उसे वर्तमान में रहने से शांति, आनंद और रचनात्मक संतुष्टि दे रहा था, वही उसके मन की बड़बड़ के कारण चिंता, अहंकार, अशांति, असंतुष्टि का कारण बन गया। फलस्वरूप चित्रकार ने अपनी एकाग्रता खो दी और फिर वह तसवीर पूरी ही नहीं कर पाया।

कहने का अर्थ है- यदि आप अपने भीतर उठनेवाले विचारों के प्रति जागरूक नहीं हैं तो ये आपको बेकार में ही कहीं तक भी दौड़ा सकते हैं। आपका वर्तमान का काम बिगाड़ सकते हैं, आपका आंतरिक मौसम (भावनाएँ) बदल सकते हैं, आपको सुखी से दुःखी, शांत से बेचैन बना सकते हैं। आपके सामने एक ऐसा भ्रमजाल खड़ा कर सकते हैं, जिसमें ज़रा भी सच्चाई नहीं है। जैसे- 'कोई मुझे प्यार नहीं करता, कोई मुझे पसंद नहीं करता, मेरी तो किस्मत ही खराब है, मेरे साथ

हमेशा बुरा ही होता है...' इत्यादि।

श्रीकृष्ण कह रहे हैं, इस मन को अभ्यास और वैराग्य से वश में करना चाहिए। यहाँ अभ्यास का अर्थ है, मन को साधने का बारम्बार प्रयास करना और वैराग्य का अर्थ है, विचारों से चिपकाव को दूर करना। विचारों के प्रति साक्षी भाव रखकर उनसे चिपकाव को दूर किया जा सकता है। ऐसा करने मात्र से विचार अपना असर खोकर विलीन होने लगेंगे।

विचारों के प्रति सजग रहकर उसे सही दिशा देनी ज़रूरी है। यदि मन चुप बैठने को तैयार ही नहीं है यानी विचार शांत ही नहीं हो रहे तो उनकी दिशा बदल दें या उन्हें सकारात्मक विचारों से बदल दें। जैसे यदि मन में बार-बार किसी का मारा गया ताना घूम रहा है और आप चाहकर भी उसे रोक नहीं पा रहे हैं तो आपको उस विचार को वनवास देने के लिए कुछ सकारात्मक संवादों को बार-बार दोहराना होगा। जैसे- **'मैं ईश्वर की दौलत हूँ इसलिए किसी का कोई भी गलत विचार या ताना मुझ पर असर नहीं कर सकता। मैं पूर्ण रूप से शांत हूँ और सबको माफ करने की क्षमता रखता हूँ।'**

श्रीकृष्ण कहते हैं, मन को शांत और नियंत्रित किए बिना स्वअनुभव नहीं पाया जा सकता इसलिए इसे ध्यान, सत्य श्रवण, मनन, भक्ति और सेवा द्वारा धीरे-धीरे शुद्ध करना चाहिए।

- **मनन प्रश्न :**

१ जब भी आप किन्हीं विचारों से चिपकते हैं तो क्या उसको अलगाव के साथ देख पाते हैं? आप उन विचारों से कितनी देर में छूट पाते हैं ?

२ अपने लिए कुछ ऐसे सकारात्मक स्वसंवाद तैयार करें, जो उस समय काम आएँगे। जब आपके ऊपर नकारात्मक विचारों का हमला होगा। उन स्वसंवादों को बारम्बार दोहराएँ ताकि वे आपके अंतरमन में उतर जाएँ।

भाग ६
श्रद्धालु, पर संयमी नहीं तो क्या होगा
॥ ३७-४७ ॥

अध्याय ६

अयतिः श्रद्धयोपेतो योगाच्चलितमानसः। अप्राप्य योगसंसिद्धिं कां गतिं कृष्ण गच्छति।।३७।।

कच्चिन्नोभयविभ्रष्टश्छिन्नाभ्रमिव नश्यति। अप्रतिष्ठो महाबाहो विमूढो ब्रह्मणः पथि।।३८।।

एतन्मे संशयं कृष्ण छेत्तुमर्हस्यशेषतः। त्वदन्यः संशयस्यास्य छेत्ता न ह्युपपद्यते।।३९।।

पार्थ नैवेह नामुत्र विनाशस्तस्य विद्यते। न हि कल्याणकृत्कश्चिद्दुर्गतिं तात गच्छति।।४०।।

प्राप्य पुण्यकृतां लोकानुषित्वा शाश्वतीः समाः। शुचीनां श्रीमतां गेहे योगभ्रष्टोऽभिजायते।।४१।।

अथवा योगिनामेव कुले भवति धीमताम्। एतद्धि दुर्लभतरं लोके जन्म यदीदृशम् ।।४२।।

तत्र तं बुद्धिसंयोगं लभते पौर्वदेहिकम्। यतते च ततो भूयः संसिद्धौ कुरुनन्दन।।४३ ।।

पूर्वाभ्यासेन तेनैव ह्रियते ह्यवशोऽपि सः। जिज्ञासुरपि योगस्य शब्दब्रह्मातिवर्तते।।४४ ।।

प्रयत्नाद्यतमानस्तु योगी संशुद्धकिल्बिषः। अनेकजन्मसंसिद्धस्ततो यात परां गतिम्।।४५।।

तपस्विभ्योऽधिको योगी ज्ञानिभ्याऽपि मतोऽधिकः। कर्मिभ्यश्चाधिको योगी तस्माद्योगी भवार्जुन।।४६।।

योगिनामपि सर्वेषां मद्गतेनान्तरात्मना। श्रद्धावान्भजते यो मां स मे युक्ततमो मतः।।४७।।

37-39

श्लोक अनुवाद : अर्जुन बोले- हे श्रीकृष्ण! जो योग में श्रद्धा रखनेवाला है; किन्तु संयमी नहीं है (इस कारण अन्तकाल में), जिसका मन योग से विचलित हो गया है (ऐसा साधक योगी), योग की सिद्धि को अर्थात भगवत् साक्षात्कार को न प्राप्त होकर किस गति को प्राप्त होता है।।३७।।

और- हे महाबाहो! क्या (वह) भगवत्प्राप्ति के मार्ग में मोहित (और) आश्रयरहित पुरुष छिन्न-भिन्न बादल की भाँति दोनों ओर से भ्रष्ट होकर नष्ट तो नहीं हो जाता?।।३८।।

हे श्रीकृष्ण! मेरे इस संशय को सम्पूर्ण रूप से छेदन करने के लिए (आप ही) योग्य हैं क्योंकि आपके सिवा दूसरा इस संशय का छेदन करनेवाला मिलना संभव नहीं है।।३९।।

गीतार्थ : अर्जुन का श्रीकृष्ण से सवाल है कि जिसने सत्य की यात्रा शुरू तो की है मगर उसकी स्वअनुभव तक पहुँचने की पात्रता नहीं है तो ऐसे लोगों का क्या होता है? कहीं उन पर 'माया मिली ना राम...' वाली कहावत तो लागू नहीं हो जाती। कहीं ऐसा तो नहीं होता कि वे न संसार के मतलब के रहते हैं और न अध्यात्म के... इस तरह दोनों ही तरफ से बरबाद तो नहीं हो जाते?

ये सवाल सिर्फ अर्जुन का ही नहीं बल्कि हर उस खोजी का है, जो माया और सत्य के बीच में स्वयं को फँसा हुआ महसूस कर रहा है। वह सत्य की तरफ जाना चाहता है मगर उसमें इतना आत्मबल नहीं कि माया की पूरी पकड़ छुड़ा सके। इतना ज़रूर है कि सत्य श्रवण, सेवा, भक्ति के त्रिकोण में रहकर उसके माया के बंधन ढीले ज़रूर हुए हैं। लेकिन पूरी तरह से अभी खुले नहीं। कभी मन उसकी सुनता है, कभी वह मन की... कभी वह विकारों पर हावी हो जाता है और कभी विकार उस पर...। और यदि ऐसे ही हाल में, माया और सत्य के बीच झूलते हुए उसका जीवन समाप्त हो जाए तो फिर क्या होता है, कहीं उसकी ईश्वर को पाने की सारी मेहनत बेकार तो नहीं जाती?

अर्जुन की इस जिज्ञासा का उत्तर श्रीकृष्ण अगले कुछ श्लोकों में दे रहे हैं।

अध्याय ६ : ४०-४२

40-42

श्लोक अनुवाद : श्री भगवान बोले– हे पार्थ! उस पुरुष का न (तो) इस लोक में नाश होता है (और) न परलोक में ही; क्योंकि हे प्यारे! आत्मोद्धार के लिए अर्थात भगवत्प्राप्ति के लिए कर्म करनेवाला कोई भी मनुष्य दुर्गति को प्राप्त नहीं होता।।४०।।

किंतु वह– योगभ्रष्ट पुरुष पुण्यवानों के लोकों को अर्थात स्वर्गादि उत्तम लोकों को प्राप्त होकर (उनमें) बहुत वर्षों तक निवास करके (फिर) शुद्ध आचरणवाले श्रीमान पुरुषों के घर में जन्म लेता है।।४१।।

अथवा (वैराग्यवान पुरुष उन लोकों में न जाकर) ज्ञानवान योगियों के ही कुल में जन्म लेता है (परन्तु) इस प्रकार का जो यह जन्म है, (सो) संसार में निःसंदेह अत्यन्त दुर्लभ है।।४२।।

गीतार्थ : प्रस्तुत श्लोकों के मर्म को समझने के लिए आइए, एक उदाहरण देखें। एक राज्य में दुर्गम पहाड़ी पर एक मंदिर था। गाँव में मान्यता थी कि उस मंदिर में मन्नत माँगने पर सभी शारीरिक बीमारियाँ दूर हो जाती हैं। अंधा देखने लगता है, पंगु चलने लगता है। वहाँ दर्शन मात्र से ही चमत्कार हो जाते हैं। मगर उस मंदिर का रास्ता बहुत दुर्गम था। इतना दुर्गम कि लाखों में कोई एक ही आगे जा पाता था। बहुत से लोगों ने कोशिश की मगर वे कुछ दूर जाकर ही लौट आते थे। उनके किस्से सुन-सुनकर बाकी लोग जाने का प्रयास ही नहीं करते थे।

एक दिन उस राज्य में बाहर से दो दोस्त आए। दोनों को ही अलग-अलग बीमारियाँ थीं। जब उन्होंने यह सुना तो उन्होंने उस मंदिर में जाने की ठानी। रास्ता बहुत लंबा, सुनसान, पथरीला और बीहड़ (ऊबड़-खाबड़) था। थोड़ी दूर चलकर एक मित्र ने हार मान ली। वह कहने लगा, 'बीमारियों से तो बाद में मरूँगा मगर उस मंदिर तक पहुँचने के चक्कर में मेरे प्राण पहले ही निकल जाएँगे। इतने लोगों से नहीं हुआ तो मेरे से क्या होगा...' और वह वापस हो लिया।

अध्याय ६ : ४०-४२

दूसरा मित्र दृढ़ निश्चयी था, उसे स्वास्थ्य से प्यार था। वह हर कीमत पर स्वस्थ होना चाहता था इसलिए उसने हार नहीं मानी। मुश्किलों के बावजूद भी वह चलता गया क्योंकि उसकी नज़रें बीमारियों से मुक्त सेहतमंद जीवन पर थीं। दो दिन की यात्रा के बाद उसे जंगल में एक छोटा सा गाँव मिला। गाँव से उसे खाने-पीने और एक दिन विश्राम करने के साधन मिल गए। अगले दिन वह पुनः तरोताज़ा होकर गंतव्य (लक्ष्य) की ओर आगे बढ़ने लगा। मगर एक आश्चर्यजनक बात थी कि इस गाँव के बाद रास्ता थोड़ा सहज हो गया था।

चलते-चलते एक दिन और बीत गया। रात होने पर उसे पुनः एक गाँव मिला। इस गाँव में उसे पहले से ज़्यादा सुविधाएँ और सम्मान मिला। अगले दिन वह पुनः तरोताज़ा होकर आगे बढ़ने लगा तो उसे वापस आश्चर्य हुआ क्योंकि इस गाँव से आगे का रास्ता और अधिक सुगम और सुंदर हो गया था। यह देख उसमें दोगुना जोश भर गया। वह दिन में यात्रा करता रात को गाँव में रुकता। हर गाँव में पहलेवाले गाँव से अधिक सुविधा और आदर मिलता। हर गाँव के बाद रास्ता भी सहज हो जाता। इस तरह से अंततः वह खुशी-खुशी उस मंदिर तक पहुँच गया और उसने संपूर्ण स्वास्थ्य को प्राप्त किया।

इस उदाहरण में मंदिर स्वबोध की अवस्था का प्रतीक है। दोनों मित्र कच्चे-पक्के खोजी हैं, जो माया (बीमारी) से बचना और सत्य (स्वास्थ्य) को पाना चाहते हैं। मंदिर का रास्ता प्रतीक है सत्य के मार्ग का जो इंसान की पक्की वृत्तियों और विकारों के कारण आरंभ में कठिन लगता है मगर ज्यों-ज्यों अभ्यास बढ़ता है, त्यों-त्यों वह सहज होने लगता है। रास्ते में आनेवाले गाँवों को हम खोजी की चेतना का स्तर समझ सकते हैं। सत्य की यात्रा में सेवा, श्रवण, भक्ति के त्रिकोण में रहकर मनन, पठन, ध्यान आदि अभ्यासों को निरंतरता से करते हुए धीरे-धीरे खोजी की चेतना और समझ का स्तर बढ़ता है।

जैसे-जैसे यह स्तर बढ़ता है, उसका मन शुद्ध और निर्मल होता

जाता है। उसमें निःस्वार्थ प्रेम, दया, करुणा, क्षमा, समभावना जैसे दिव्य गुण बढ़ते जाते हैं। इस कारण उसकी सत्य की यात्रा सुगम होती जाती है और स्वअनुभव की अवस्था निकट आती जाती है। इसीलिए अर्जुन का संदेह दूर करते हुए श्रीकृष्ण कह रहे हैं कि ईश्वर प्राप्ति के लिए किया गया कोई भी प्रयास कभी बेकार नहीं जाता। हर प्रयास से खोजी की चेतना में, उसकी समझ में निरंतर वृद्धि होती है। उसके कर्म शुभ होते जाते हैं। वह अपने लक्ष्य की ओर एक कदम आगे बढ़ता है। बूँद-बूँद से ही घड़ा भरता है।

श्रीकृष्ण ने गीता के दूसरे अध्याय में बताया है कि जीव वास्तव में सूक्ष्म देहधारी है। उसका न जन्म होता है, न ही मृत्यु। वह जितने समय पृथ्वी पर रहता है, उतने समय के लिए स्थूल देह (भौतिक शरीर) वस्त्रों की भाँति पहने रखता है। कुछ समय बाद उस शरीर रूपी वस्त्र को त्यागकर (भौतिक मृत्यु पाकर), वह वापस अपने सूक्ष्म देह के रूप में आ जाता है। शरीर छूटने पर उससे सिर्फ स्थूल चीज़ें ही छूटती हैं, सूक्ष्म नहीं। अतः भौतिक शरीर त्यागने पर भी उसका मन, बुद्धि, समझ, गुण, विकार, आदतें आदि उसके सूक्ष्म शरीर में बने रहते हैं। साथ ही उसके कर्मों का खाता यानी कर्मों का हिसाब-किताब भी सूक्ष्म शरीर के साथ रहता है। शरीर रहे या न रहे, उसकी जीवन यात्रा तो निरंतर चल ही रही है। अर्थात जो समझ, जो ईश्वर में श्रद्धा, भक्ति उसने इस भौतिक जीवन में प्राप्त की है, वह उसके साथ हमेशा बनी रहती है, भले ही शरीर रहे न रहे।

वह सूक्ष्म जगत में रहे या वापस पृथ्वी पर स्थूल शरीर धारण करे यानी जन्म ले, उसकी सत्य की यात्रा वहीं से कैरी फॉवर्ड होती है यानी आगे बढ़ जाती है। अपनी शुभ भावना और शुभ कर्मों के कारण वह जीव ऐसे घर में या वातावरण में जन्म लेता है, जहाँ उसे उसके आध्यात्मिक विकास में सहायता मिलती है। यह जन्म पृथ्वी पर भी हो सकता है और सूक्ष्म जगत में भी।

अध्याय ६ : ४३-४५

श्रीकृष्ण सत्य मार्ग के ऐसे अनुकूल वातावरण में जन्म लेना बहुत ही दुर्लभ मानते हैं। बहुत ही सौभाग्य से ऐसा विशिष्ट जन्म मिलता है। जिन्हें भी संसार में ऐसा सत्य प्राप्ति के अनुकूल वातावरण मिला है, उन्हें ईश्वर का कोटि-कोटि धन्यवाद करना चाहिए।

43-45

श्लोक अनुवाद : और वह पुरुष– वहाँ उस पहले शरीर में संग्रह किए हुए बुद्धि के संयोग को अर्थात समबुद्धिरूप योग के संस्कारों को (अनायास ही) प्राप्त हो जाता है और हे कुरुनन्दन! उसके प्रभाव से (वह) फिर परमात्मा की प्राप्तिरूप सिद्धि के लिए (पहले से भी बढ़कर) प्रयत्न करता है।।४३।।

और वह (श्रीमानों के घर में जन्म लेनेवाला योगभ्रष्ट) पराधीन हुआ भी उस पहले के अभ्यास से ही निःसंदेह (भगवान की ओर) आकर्षित किया जाता है (तथा) समबुद्धि रूप योग का जिज्ञासु भी वेद में कहे हुए सकाम कर्मों के फल को उल्लंघन कर जाता है।।४४।।

परन्तु प्रयत्नपूर्वक अभ्यास करनेवाला योगी (तो) पिछले अनेक जन्मों के संस्कार-बल से इसी जन्म में संसिद्ध होकर सम्पूर्ण पापों से रहित हो फिर तत्काल ही परमगति को प्राप्त हो जाता है।।४५।।

गीतार्थ : प्रस्तुत श्लोकों में श्रीकृष्ण अपनी बात को आगे बढ़ाते हुए कह रहे हैं कि अपने पूर्व आध्यात्मिक संस्कारों की वजह से ऐसा खोजी (मेमोरिज़*) जन्म से ही ईश्वर भक्ति के प्रति सहज आकर्षित हो जाता है और नए शरीर में अपनी आगे की यात्रा जारी रखता है। आपने ऐसे अनेक संतों के उदाहरण सुने होंगे, जिन्होंने बचपन में ही अपनी उच्च आध्यात्मिक अवस्था के संकेत दे दिए थे। संत कबीर, संत ज्ञानेश्वर और उनके भाई-बहन, नचिकेता, सत्यकाम जाबाल, रामकृष्ण परमहंस... आदि ऐसे ही स्वअनुभवी आत्माएँ थीं।

---

*मेमोरिज़, यादों का समूह, एकत्र अनुभवों के संस्कार।

अध्याय ६ : ४०-४२

जैसे एक बच्चा, किसी स्कूल से तीसरी कक्षा पास करता है। किसी कारणवश उसका स्कूल बदलना पड़ता है। नए स्कूल में बच्चे को चौथी कक्षा में ही ऐडमिशन मिलेगा। उसकी पढ़ाई वहीं से शुरू होगी, जहाँ से पिछले स्कूल में छूटी थी। अलग-अलग स्कूलों में पढ़ने के बाद एक दिन वह बच्चा अंत में ग्रेज्युएट हो ही जाएगा। ऐसे ही सत्य का खोजी इस स्थूल संसार में रहे या फिर सूक्ष्म संसार में; उसकी सत्य प्राप्ति की यात्रा आगे भी चलती रहती है।

श्रीकृष्ण ने पिछले श्लोकों में कहा है कि ऐसा खोजी जो योग (स्वअनुभव) में लीन तो नहीं हो पाया मगर हलके ही सही, उसके प्रयास जारी थे तो वह (मेमोरी) उत्तम सूक्ष्म लोकों में बहुत समय तक निवास करके वापस पृथ्वी पर आता है या सीधे पृथ्वी पर जन्म लेकर आगे की यात्रा शुरू करता है। आइए, इस बात को समझते हैं।

जीव के संपूर्ण जीवन को, दो भागों में बाँटा जा सकता है। पृथ्वी का जीवन, जिसे हम जीवन का पार्ट वन कह सकते हैं और और सूक्ष्म जगत का जीवन, जिसे पार्ट टू कहा जा सकता है। अपने संपूर्ण जीवन में जीव पार्ट वन और पार्ट टू के बीच आता-जाता रहता है। यह आना-जाना उसके कर्मबंधनों और इच्छाओं के आधार पर होता है।

पार्ट टू यानी सूक्ष्म जगत भी अनेक हिस्सों में बँटा है। यह विभाजन चेतना के स्तर के आधार पर होता है। ऊँची चेतनावाले जीव उच्च स्तरों पर और निम्न चेतनावाले जीव निम्नस्तरों पर रहते हैं। जीव की समझ और चेतना के अनुसार वह अपने तल का चुनाव कर, किसी और तल पर नहीं जा सकता।

श्रीकृष्ण जब स्वर्ग* आदि उत्तम लोक की बात करते हैं तो उनका

**मजेदार बात यह है कि नर्क में (चेतना के निम्न स्तर पर) रहनेवाले को नर्क, नर्क लगता नहीं। वैसे ही जैसे पृथ्वी पर अपराधी खुद को गलत न मानकर शराब पीकर, खुद को स्वर्ग में बैठा समझते हैं। हमारी जो स्वर्ग और नर्क की कल्पनाएँ हैं, वे गलत हैं।*

तात्पर्य उच्च चेतना के तलों से हैं। वहाँ का जीवन शांत, आनंदित, प्रेम-करुणामयी होता है। निम्न चेतनावाले तलों को संसार में नर्क की संज्ञा दी जाती है। हमारे शास्त्रों में अनेक तरह के नरकों का वर्णन है, दरअसल निम्न चेतना के भी अनेक तल होते हैं, जिन्हें समझने के लिए अलग-अलग तरह के नर्क कहा जा सकता है।

स्थूल शरीर त्यागने के बाद सूक्ष्म शरीर चेतना के उच्च तलों पर भी जा सकता है और (यादों का समूह-मेमोरिज़) वापस पृथ्वी पर सत्य के अनुकूल वातावरण में जन्म भी ले सकता है। उसकी यात्रा कहाँ और कैसे होनी है, यह उसके कर्मबंधन और इच्छाएँ तय करते हैं। इस तरह से अलग-अलग पड़ावों से गुज़रता हुआ सत्य साधक कर्मबंधनों को खोलता हुआ और साधना करता हुआ अंततः स्वअनुभव पा ही लेता है।

46-47

श्लोक अनुवाद : क्योंकि- योगी तपस्वियों से श्रेष्ठ है, शास्त्रज्ञानियों से भी श्रेष्ठ माना गया है और सकाम कर्म करनेवालों से भी योगी श्रेष्ठ है; इससे हे अर्जुन! (तू) योगी हो।

और हे प्यारे!- सम्पूर्ण योगियों में भी जो श्रद्धावान योगी मुझमें लगे हुए अन्तरात्मा से मुझको (निरन्तर) भजता है, वह योगी मुझे परम श्रेष्ठ मान्य है।

गीतार्थ : अर्जुन को योग का रहस्य समझाकर श्रीकृष्ण उसे पुनः योगी बनने के लिए कह रहे हैं क्योंकि उनकी दृष्टि में योगी तपस्वियों से श्रेष्ठ है। योगी सिर्फ योगासन करनेवाला नहीं बल्कि आत्मअनुभव में स्थित रहनेवाला योगी... आत्मअनुभव की स्थिति में रहते हुए सभी प्राणी मात्र में समभाव रखते हुए, सभी तरह की भावनाओं (सुख, दुःख, द्वंद आदि) में समभाव रखते हुए अपने सभी सांसारिक दायित्वों का निर्वाह करनेवाला योगी सबसे श्रेष्ठ है।

ऐसा योगी श्रीकृष्ण को उन तपस्वियों से भी प्रिय है जो ईश्वर प्राप्ति के लिए संसार छोड़ते हैं। अपनी सभी ज़िम्मेदारियों का त्याग कर एकांतवास करके तपस्या करते हैं। क्योंकि एक योगी तो संसार में रहते हुए भी ईश्वर में ही लीन रहता है। संसार उसके लिए अवरोध नहीं है। वह योगी ईश्वर को उन ज्ञानबंधुओं से भी प्रिय है, जिसे सभी शास्त्रों, वेद-पुराणों का भरपूर ज्ञान है। जो शास्त्रार्थ करके अपने ज्ञान के अहंकार को तृप्त करते हैं मगर उस ज्ञान को जीवन में पूरी तरह नहीं उतारते। ईश्वर को योगी बड़े से बड़ा कार्य (वर्ल्ड रेकॉर्ड) करनेवाले उस इंसान से भी ज्यादा प्रिय है, जो मन में फल की इच्छा रखकर कर्म करता है।

आगे श्रीकृष्ण कहते हैं, जो भी ऐसा श्रद्धावान योगी अपना चिंतन निरंतर मुझमें रखकर (मुझे भजते हुए) अनासक्त भाव से अपनी ज़िम्मेदारियाँ निभाता है वह मेरी दृष्टि में सबसे श्रेष्ठ है। अतः वे अर्जुन से ऐसा ही परम प्रिय योगी बनने की अपेक्षा दिखाते हैं।

● मनन प्रश्न :

१. कुछ समय के लिए अपने विचारों पर मनन करें। कौन से विचार ज्यादा चलते हैं- भूत, भविष्य या वर्तमान के? स्वयं को ज़्यादा से ज़्यादा वर्तमान में रखने का प्रयास करें।

२. मनन करें- गीता की समझ मिलने के बाद आप अपनी चेतना में कितनी बढ़ोत्तरी महसूस करते हैं।

तेजज्ञान ग्लोबल फाउण्डेशन

सरश्री अल्प परिचय

स्वीकार मंत्र मुद्रा

सरश्री की आध्यात्मिक खोज का सफर उनके बचपन से प्रारंभ हो गया था। इस खोज के दौरान उन्होंने अनेक प्रकार की पुस्तकों का अध्ययन किया। इसके साथ ही अपने आध्यात्मिक अनुसंधान के दौरान अनेक ध्यान पद्धतियों का अभ्यास किया। उनकी इसी खोज ने उन्हें कई वैचारिक और शैक्षणिक संस्थानों की ओर बढ़ाया। इसके बावजूद भी वे अंतिम सत्य से दूर रहे।

उन्होंने अपने तत्कालीन अध्यापन कार्य को भी विराम लगाया ताकि वे अपना अधिक से अधिक समय सत्य की खोज में लगा सकें। जीवन का रहस्य समझने के लिए उन्होंने एक लंबी अवधि तक मनन करते हुए अपनी खोज जारी रखी। जिसके अंत में उन्हें आत्मबोध प्राप्त हुआ। आत्मसाक्षात्कार के बाद उन्होंने जाना कि अध्यात्म का हर मार्ग जिस कड़ी से जुड़ा है वह है- समझ (अंडरस्टैण्डिंग)।

सरश्री कहते हैं कि 'सत्य के सभी मार्गों की शुरुआत अलग-अलग प्रकार से होती है लेकिन सभी के अंत में एक ही समझ प्राप्त होती है। 'समझ' ही सब कुछ है और यह 'समझ' अपने आपमें पूर्ण है। आध्यात्मिक ज्ञान प्राप्ति के लिए इस 'समझ' का श्रवण ही पर्याप्त है।'

सरश्री ने ढाई हज़ार से अधिक प्रवचन दिए हैं और सौ से अधिक पुस्तकों की रचना की हैं। ये पुस्तकें दस से अधिक भाषाओं में अनुवादित की जा चुकी हैं और प्रमुख प्रकाशकों द्वारा प्रकाशित की गई हैं, जैसे पेंगुइन बुक्स, हे हाऊस पब्लिशर्स, जैको बुक्स, हिंद पॉकेट बुक्स, मंजुल पब्लिशिंग हाऊस, प्रभात प्रकाशन, राजपाल अॅण्ड सन्स इत्यादि।

तेजज्ञान फाउण्डेशन – परिचय

तेजज्ञान फाउण्डेशन आत्मविकास से आत्मसाक्षात्कार प्राप्त करने का एक रास्ता है। इसके लिए सरश्री द्वारा एक अनूठी बोध पद्धति (System for Wisdom) का सृजन हुआ है। इस पद्धति को अन्तर्राष्ट्रीय मानक ISO 9001:2015 के आवश्यकताओं एवं निर्देशों के अनुरूप ढालकर सरल, व्यावहारिक एवं प्रभावी बनाया गया है।

इस संस्था की बोध पद्धति के विभिन्न पहलुओं (शिक्षण, निरीक्षण व गुणवत्ता) को स्वतंत्र गुणवत्ता परीक्षकों (Quality Auditors) द्वारा क्रमबद्ध तरीके से जाँचा गया। जिसके बाद इन पहलुओं को ISO 9001:2015 के अनुरूप पाकर, इस बोध पद्धति को प्रमाणित किया गया है।

फाउण्डेशन का लक्ष्य आपको नकारात्मक विचार से सकारात्मक विचार की ओर बढ़ाना है। सकारात्मक विचार से शुभ विचार यानी हॅपी थॉट्स (विधायक आनंदपूर्ण विचार) और शुभ विचार से निर्विचार की ओर बढ़ा जा सकता है। निर्विचार से ही आत्मसाक्षात्कार संभव है। शुभ विचार (Happy Thoughts) यानी यह विचार कि 'मैं हर विचार से मुक्त हो जाऊँ।' शुभ इच्छा यानी यह इच्छा कि 'मैं हर इच्छा से मुक्त हो जाऊँ।'

ज्ञान का अर्थ है सामान्य ज्ञान लेकिन तेजज्ञान यानी वह ज्ञान जो ज्ञान व अज्ञान के परे है। कई लोग सामान्य ज्ञान की जानकारी को ही ज्ञान समझ लेते हैं लेकिन असली ज्ञान और जानकारी में बहुत अंतर है। आज लोग सामान्य ज्ञान के जवाबों को ज़्यादा महत्त्व देते हैं। उदाहरण के तौर पर कर्म और भाग्य, योग और प्राणायाम, स्वर्ग और नर्क इत्यादि। आज के युग में सामान्य ज्ञान प्रदान करनेवाले लोग और शिक्षक कई मिल जाएँगे मगर इस ज्ञान को पाकर जीवन में कोई बड़ा परिवर्तन नहीं होता। यह ज्ञान या तो केवल बुद्धि विलास है या फिर अध्यात्म के नाम पर बुद्धि का व्यायाम है।

सभी समस्याओं का समाधान है– तेजज्ञान। भय से मुक्ति, चिंतारहित व क्रोध से आज़ाद जीवन है– तेजज्ञान। शारीरिक, मानसिक, सामाजिक, आर्थिक और आध्यात्मिक उन्नति के लिए है– तेजज्ञान। तेजज्ञान आपके अंदर है, आएँ और इसे पाएँ।

यदि आप ऐसा ज्ञान चाहते हैं, जो सामान्य ज्ञान के परे हो, जो हर समस्या का समाधान हो, जो सभी मान्यताओं से आपको मुक्त करे, जो आपको ईश्वर का

साक्षात्कार कराए, जो आपको सत्य पर स्थापित करे तो समय आ गया है तेजज्ञान को जानने का। समय आ गया है शब्दोंवाले सामान्य ज्ञान से उठकर तेजज्ञान का अनुभव करने का।

अब तक अध्यात्म के अनेक मार्ग बताए गए हैं। जैसे जप, तप, मंत्र, तंत्र, कर्म, भाग्य, ध्यान, ज्ञान, योग और भक्ति आदि। इन मार्गों के अंत में जो समझ, जो बोध प्राप्त होता है, वह एक ही है। सत्य के हर खोजी को अंत में एक ही समझ मिलती है और इस समझ को सुनकर भी प्राप्त किया जा सकता है। उसी समझ को सुनना यानी तेजज्ञान प्राप्त करना है। तेजज्ञान के श्रवण से सत्य का साक्षात्कार होता है, ईश्वर का अनुभव होता है। यही तेजज्ञान सरश्री महाआसमानी शिविर में प्रदान करते हैं।

महाआसमानी परम ज्ञान शिविर परिचय और लाभ (निवासी)

क्या आपको उच्चतम आनंद पाने की इच्छा है? ऐसा आनंद, जो किसी कारण पर निर्भर नहीं है, जिसमें समय के साथ केवल बढ़ोतरी ही होती है। क्या आप इसी जीवन में प्रेम, विश्वास, शांति, समृद्धि और परमसंतुष्टि पाना चाहते हैं? क्या आप शारीरिक, मानसिक, सामाजिक, आर्थिक और आध्यात्मिक इन सभी स्तरों पर सफलता हासिल करना चाहते हैं? क्या आप 'मैं कौन हूँ' इस सवाल का जवाब अनुभव से जानना चाहते हैं।

यदि आपके अंदर इन सवालों के जवाब जानने की और 'अंतिम सत्य' प्राप्त करने की प्यास जगी है तो तेजज्ञान फाउण्डेशन द्वारा आयोजित 'महाआसमानी शिविर' में आपका स्वागत है। यह शिविर पूर्णतः सरश्री की शिक्षाओं पर आधारित है। सरश्री आज के युग के आध्यात्मिक गुरु और 'तेजज्ञान फाउण्डेशन' के संस्थापक हैं, जो अत्यंत सरलता से आज की लोकभाषा में आध्यात्मिक समझ प्रदान करते हैं।

महाआसमानी शिविर का उद्देश्य :

इस शिविर का उद्देश्य है, 'विश्व का हर इंसान 'मैं कौन हूँ' इस सवाल का जवाब जानकर सर्वोच्च आनंद में स्थापित हो जाए।

'मैं कौन हूँ? मैं यहाँ क्यों हूँ? मोक्ष का अर्थ क्या है? क्या इसी जन्म में मोक्ष प्राप्ति संभव है?' यदि ये सवाल आपके अंदर हैं तो महाआसमानी शिविर इसका जवाब है।

महाआसमानी शिविर के मुख्य लाभ :

इस शिविर के लाभ तो अनगिनत हैं मगर कुछ मुख्य लाभ इस प्रकार हैं- * जीवन में दमदार लक्ष्य प्राप्त होता है। * 'मैं कौन हूँ' यह अनुभव से जानना (सेल्फ रियलाइजेशन) होता है। * मन के सभी विकार विलीन होते हैं। * प्रेम, आनंद, मौन, समृद्धि, संतुष्टि, विश्वास जैसे कई दिव्य गुणों से युक्ति होती है। * हर समस्या का समाधान प्राप्त करने की कला मिलती है।

महाआसमानी शिविर में भाग कैसे लें?

इस शिविर में भाग लेने के लिए आपको कुछ खास माँगें पूरी करनी होती हैं। जैसे -

१) आपकी उम्र कम से कम अठारह साल या उससे ऊपर होनी चाहिए।

२) आपको सत्य स्थापना शिविर (फाउण्डेशन ट्रुथ रिट्रीट) में भाग लेना होगा, जहाँ आप सीखेंगे- वर्तमान के हर पल को कैसे जीया जाए और निर्विचार दशा में कैसे प्रवेश पाएँ।

३) आपको कुछ प्राथमिक प्रवचनों में उपस्थित होना है, जहाँ आप बुनियादी समझ आत्मसात कर, महाआसमानी शिविर के लिए तैयार होते हैं।

यह शिविर साल में पाँच या छह बार आयोजित होता है, जिसका लाभ हज़ारों खोजी उठाते हैं। इस शिविर की तैयारी आगे दिए गए स्थानों पर कराई जाती है। पुणे, मुंबई, दिल्ली, सांगली, सातारा, जलगाँव, अहमदाबाद, कोल्हापुर, नासिक, अहमदनगर, औरंगाबाद, सूरत, बरोडा, नागपुर, भोपाल, रायपुर, चेन्नई, वर्धा, अम रावती, चंद्रपुर, यवतमाल, रत्नागिरी, लातूर, बीड, नांदेड, परभणी, पनवेल, ठाणे, सोलापुर, पंढरपुर, अकोला, बुलढाणा, धुले, भुसावल, बैंगलोर, बेलगाम, धारवाड, भुवनेश्वर, कोलकत्ता, राँची, लखनऊ, कानपुर, चंदीगढ़, जयपुर, पणजी, म्हापसा, इंदौर, इटारसी, हरदा, विदिशा, बुरहानपुर।

आप महाआसमानी की तैयारी फाउण्डेशन में उपलब्ध सरश्री द्वारा रचित पुस्तकों, सी.डी. और कैसेटस् सुनकर कर सकते हैं। इसके अलावा आप टी.वी., रेडियो और यू ट्यूब पर सरश्री के प्रवचनों का लाभ भी ले सकते हैं मगर याद रहे, ये पुस्तकें, कैसेट, टी.वी., रेडियो और यू ट्यूब के प्रवचन शिविर का परिचय मात्र है, तेजज्ञान नहीं। आप महाआसमानी शिविर में भाग लेकर ही तेजज्ञान का आनंद ले सकते हैं। आगामी महाआसमानी शिविर में अपना स्थान आरक्षित करने के लिए संपर्क करें : 09921008060/75, 9011013208

महाआसमानी शिविर स्थान :

यह शिविर पुणे में स्थित मनन आश्रम पर आयोजित किया जाता है। इस शिविर के लिए भोजन और रहने की व्यवस्था की जाती है। यदि आपको कोई शारीरिक बीमारी है और आप नियमित रूप से दवाई ले रहे हैं तो कृपया अपनी दवाइयाँ साथ में लेकर आएँ । वातावरण अनुसार गरम कपड़े, स्वेटर, ब्लैंकेट आदि भी लाएँ।

'मनन आश्रम' पुणे शहर के बाहरी क्षेत्र में पहाड़ों और निसर्ग के असीम सौंदर्य के बीच बसा हुआ है। इस आश्रम में पुरुषों और महिलाओं के लिए अलग-अलग, कुल मिलाकर 700 से 800 लोगों के रहने की व्यवस्था है। यह आश्रम पुणे शहर स 17 किलो मीटर की दूरी पर है। हवाई अड्डा, हाइवे और रेलवे से पुणे आसानी से आ-जा सकते हैं।

मनन आश्रम : मनन आश्रम, पुणे, सर्वे नं. ४३, सनस नगर, नांदोशी गाँव, किरकट वाडी फाटा, तहसील - हवेली, जिला : पुणे - ४११०२४. फोन : 09921008060

अब एक क्लिक पर ही शिविर का रजिस्ट्रेशन !

तेजज्ञान फाउण्डेशन की इन शिविरों के लिए
अब आप ऑनलाईन रजिस्ट्रेशन भी कर सकते हैं-

* महाआसमानी परम ज्ञान शिविर परिचय और लाभ (पाँच दिवसीय निवासी शिविर)
* मैजिक ऑफ अवेकनिंग (केवल अंग्रेजी भाषा जाननेवालों के लिए तीन दिवसीय निवासी शिविर)
* मिनी महाआसमानी (निवासी) शिविर, युवाओं के लिए

रजिस्ट्रेशन के लिए आज ही लॉग इन करें

www.tejgyan.org

e-mail - mail@tejgyan.com

website

www.tejgyan.org, www.gethappythoughts.org

तेजज्ञान फाउण्डेशन – मुख्य शाखाएँ

पुणे (रजिस्टर्ड ऑफिस)
विक्रांत कॉम्प्लेक्स, तपोवन मंदिर के नज़दीक,
पिंपरी, पुणे-४११ ०१७. फोन : 020-27411240, 27412576

मनन आश्रम
सर्वे नं. ४३, सनस नगर, नांदोशी गाँव, किरकटवाडी फाटा,
तहसील- हवेली, जिला- पुणे - ४११ ०२४. फोन : 09921008060

हर रविवार सुबह १०.०५ से १०.१५ तक
रेडियो विविध भारती, एफ. एम. पुणे पर 'तेजविकास मंत्र'

– तेजज्ञान इंटरनेट रेडियो –

२४ घंटे और ३६५ दिन सरश्री के प्रवचन और भजनों का लाभ लें,
तेजज्ञान इंटरनेट रेडियो द्वारा। देखें लिंक
http://www.tejgyan.org/internetradio.aspx

– नम्र निवेदन –

विश्व शांति के लिए लाखों लोग प्रतिदिन
सुबह और रात ९ बजकर ९ मिनट पर प्रार्थना करते हैं।
कृपया आप भी इसमें शामिल हो जाएँ।

पुस्तकें प्राप्त करने के लिए नीचे दिए गए पते पर मनीऑर्डर द्वारा पुस्तक का मूल्य भेज सकते हैं। पुस्तकें रजिस्टर्ड, कुरियर अथवा वी.पी.पी. द्वारा भेजी जाती हैं। पुस्तकों के लिए नीचे दिए गए पते पर संपर्क करें।

* WOW Publishings Pvt. Ltd. रजिस्टर्ड ऑफिस-E-4, वैभव नगर, तपोवन मंदिर के नज़दीक, पिंपरी, पुणे- 411017
* पोस्ट बॉक्स नं. 36, पिंपरी कॉलोनी पोस्ट ऑफिस, पिंपरी, पुणे - 411017
फोन नं.: 09011013210 / 9623457873

आप ऑन-लाइन शॉपिंग द्वारा भी पुस्तकों का ऑर्डर दे सकते हैं।
लॉग इन करें - www.gethappythoughts.org
300 रुपयों से अधिक पुस्तकें मँगवाने पर 10% की छूट और फ्री शिपिंग।

www.ingramcontent.com/pod-product-compliance
Lightning Source LLC
LaVergne TN
LVHW041547070526
838199LV00046B/1855
* 9 7 8 9 3 8 7 6 9 6 1 2 9 *